FUTURAMA™
ADVENTURES
COMICS BONGO GROUP

Das Bongo Team:
Publisher: MATT GROENING
Creative Director: BILL MORRISON
Managing Editor: TERRY DELEGEANE
Director of Operations: ROBERT ZAUGH
Special Projects Art Director: SERBAN CRISTESCU
Art Director: NATHAN KANE
Production Manager: CHRISTOPHER UNGAR
Administration: SHERRI SMITH
Legal Guardian: SUSAN A. GRODE

Trade Paperback Concepts and Design: SERBAN CRISTESCU

Künstler in dieser Ausgabe:
KAREN BATES, TIM BAVINGTON, SERBAN CRISTESCU, JOHN DELANEY, MARK ERVIN, CHIA-HSIEN JASON HO, NATHAN KANE, TOM KING, JAMES LLOYD, RICK REESE, MIKE ROTE, STEVE STEERE JR., DAVE STEWART, BILL MORRISON, SCOTT MORSE, CARLOS MOTA, PHYLLIS NOVIN, CHRIS UNGAR, ART VILLANUEVA

Autoren dieser Ausgabe:
BILL MORRISON, ERIC ROGERS, MILI SMYTHE

Das Panini-Dino Team:
Übersetzung: TIMOTHY STAHL
Grafik: AMIGO GRAFIK
Verantwortlicher Redakteur: STEFFEN VOLKMER

Die deutsche Ausgabe von FUTURAMA ADVENTURES wird als Sonderausgabe der Futurama Comics von der Panini Verlags GmbH, Rotebühlstr. 87, 70178 Stuttgart, herausgegeben. Geschäftsbereichsleiter: Max Müller, Chefredakteur: Jo Löffler; Verantwortlicher Redakteur: Steffen Volkmer; Übersetzer: Timothy Stahl; Mitarbeiter an der Ausgabe: Valerie Kurth, Matthias Wieland; Marketing: Claudia Hieber, Thorsten Kleinheinz; Repro/Grafik: Amigo Grafik, Asperg, Druck: Poligrafico il Borgo, S. Lazzero di Savena, Italien, Vertriebsservice: stella Distribution, Hamburg; Auslieferung Buchhandel: VVA - Vereinigte Verlagsauslieferung, An der Autobahn, Postfach 777, 33310 Gütersloh; Auslieferung Comic-Fachhandel: Modern Graphics, Lochfeldstr. 30, 76437 Rastatt.

www.paninicomics.de

ISBN 3-8332-1112-1

Dieser Band enthält Nachdrucke von:
US-Futurama Comics # 5-9

COMICS BONGO GROUP
Dino
JETZT NEU: IN 2-D! IHR BRAUCHT KEINE BRILLE!
(ES SEI DENN, IHR BRAUCHT EINE BRILLE)
A: € 2,30
CH: sfr 3,90
NL, B, L: € 2,40
I, E, P, GR: € 2,70
E 56855
FUTURAMA™
COMICS
5
AUG 02
€ 2,00 (D)
FUTURAMA COMICS
WAS IST FALSCH AN DIESEM BILD? MORBO VERLANGT EINE ANTWORT!
MORBO KANN NUR EINEN FEHLER ENTDECKEN! DIE ERDLINGE UNTERSTEHEN NICHT DER GRAUSAMEN TYRANNENHERRSCHAFT VON MORBOS ÜBERLEGENER RASSE! OH, UND AMY TRINKT NATÜRLICH NUR DIÄT SLURM.
© 2001 BONGO ENTERTAINMENT, INC. FUTURAMA © & TM TWENTIETH CENTURY FOX FILM CORPORATION. ALL RIGHTS RESERVED.

ERIC ROGERS AUTOR | JAMES LLOYD ZEICHNUNGEN | PHYLLIS NOVIN TUSCHE | DAVE STEWART FARBEN | BILL MORRISON US-REDAKTION | MATT GROENING ZEREMONIENMEISTER

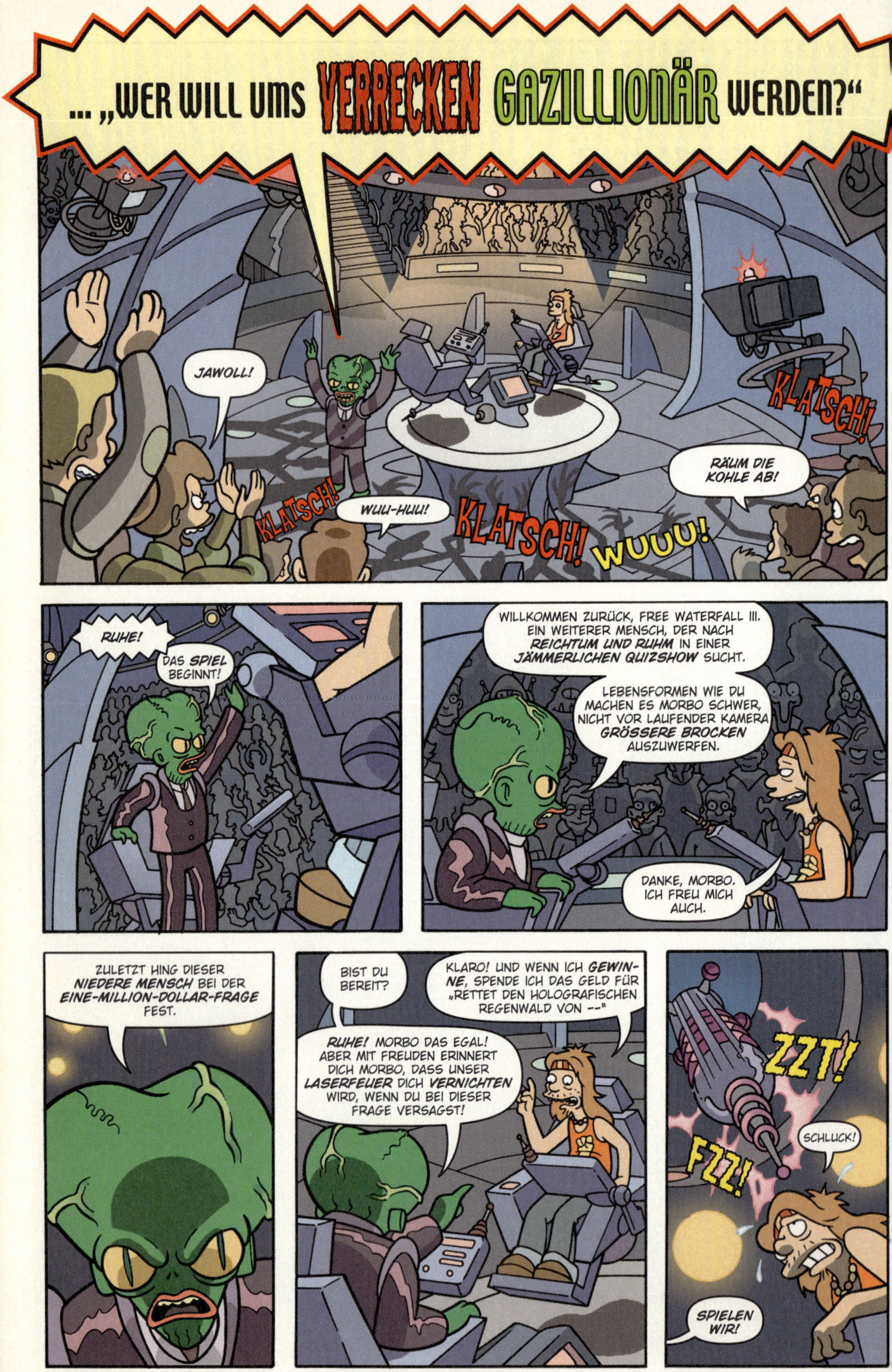
... „WER WILL UMS VERRECKEN GAZILLIONÄR WERDEN?“
JAWOLL!
RÄUM DIE KOHLE AB!
KLATSCH!
KLATSCH!
WUU-HUU!
KLATSCH!
WUUU!
RUHE!
DAS SPIEL BEGINNT!
WILLKOMMEN ZURÜCK, FREE WATERFALL III. EIN WEITERER MENSCH, DER NACH REICHTUM UND RUHM IN EINER JÄMMERLICHEN QUIZSHOW SUCHT.
LEBENSFORMEN WIE DU MACHEN ES MORBO SCHWER, NICHT VOR LAUFENDER KAMERA GRÖSSERE BROCKEN AUSZUWERFEN.
DANKE, MORBO. ICH FREU MICH AUCH.
ZULETZT HING DIESER NIEDERE MENSCH BEI DER EINE-MILLION-DOLLAR-FRAGE FEST.
BIST DU BEREIT?
KLARO! UND WENN ICH GEWINNE, SPENDE ICH DAS GELD FÜR „RETTET DEN HOLOGRAFISCHEN REGENWALD VON --“
RUHE! MORBO DAS EGAL! ABER MIT FREUDEN ERINNERT DICH MORBO, DASS UNSER LASERFEUER DICH VERNICHTEN WIRD, WENN DU BEI DIESER FRAGE VERSAGST!
ZZT!
FZZ!
SCHLUCK!
SPIELEN WIR!

FÜR EINE MILLION DOLLAR: WELCHE DER NACHFOLGENDEN COMICSERIEN FEIERTE *NICHT* UNLÄNGST IHRE *1000. AUSGABE?*
A) SPACE BOY IM WELTALL!
B) SUPERBOT, DIE MASCHINE AUS STAHL!
C) GERECHTIG-KEITSLIGA VON MITTELAMERIKA!
ODER D) ROSWELL, EIN GRÜNLING AUF ERDEN!
ÄHM, ALSO... MAL SEHEN, ÄH... ICH LESE EIGENTLICH KEINE COMICS...
KANN MORBO IN DER ZUKUNFT IRGENDEINE *ANTWORT* ERWARTEN?
NA GUT, MEINE ANTWORT AUF DIE FRAGE IST, ÄÄHH ... *C!* GERECHTIGKEITSLIGA VON MITTELAMERIKA!
FREE WATERFALL III...
...DAS IST *FALSCH!*
MACH DICH BEREIT ZU *STERBEN! HAHAHA-HAHA!!*
OH-OH...
SHPEEEOOOOW!
JIIEEAAAH-AAAH-AAAH!
MORBO *LIEBT* DIESES SPIEL!

ICH WÜRDE MICH FÜR DEN REST MEINES LEBENS AUF DIESER COUCH FESTSCHWEISSEN, WENN ICH JEDEN ABEND EINEN HIPPIE IM FERNSEHEN STERBEN SEHEN DÜRFTE.
ACH DU MEINE -- ! WAS STINKT DENN HIER NACH VERBRANNTEM PATSCHULI-ÖL?
PAH! DER TYP HAT SOWIESO FÜR DIE FALSCHE SACHE GESPIELT. GELD FÜR DIE UMWELT?
ICH BITTE EUCH! SOWEIT ICH WEISS, HABEN BÄUME KEIN BANKKONTO. WAS BRINGT'S ALSO, DENEN GELD ZU GEBEN?
DER EINZIGE VERNÜNFTIGE GRUND, BEI SO EINER GAMESHOW MITZUMACHEN, IST REINE SELBSTSUCHT! DAS IST DER AMERICAN WAY.
WARUM VERSUCHST DU ES DANN NICHT MAL, SCHLAUKOPF?
T'S, ICH HAB BESSERES ZU TUN.
splschh!
GLUG! GLUG!
BRAAAP!
LEUTE, MELDET EUCH IM KONFERENZRAUM! WIR SIND VERLOREN! VERLOOOOREN!
UUUND EIN WEITERER ARBEITSTAG BEGINNT!

SCHLECHTE NEUIGKEITEN, IHR LIEBEN. MEIN SCHLIMMSTER FEIND SCHICKT SICH OFFENBAR AN, UNS, UND DAMIT MEINE ICH EUCH, DAS LEBEN ZUR HÖLLE ZU MACHEN!
HAT PRÄSIDENT NIXONS KOPF SCHON WIEDER DEN MINDESTLOHN GESENKT?
SCHLIMMER -- DAS FINANZAMT!
ACH DU DICKES KÄNGURU VON KATMANDU! NICHT DER FISKUS!
WO LIEGT DAS PROBLEM, PROFESSOR?
SIE HABEN HERAUSGEFUNDEN, DASS ICH 160 BIN, NICHT 150 -- 10 JAHRE ÄLTER ALS ICH IN MEINEN STEUERERKLÄRUNGEN ANGEGEBEN HABE.
DANN SOLLTEN SIE GNADE VOR RECHT ERGEHEN LASSEN! ZU MEINER ZEIT HATTEN ES ALTE LEUTE GUT -- SENIORENNACHLASS IM KINO, IN RESTAURANTS, ES GAB ÖFFENTLICH-RECHTLICHES FERNSEHEN...
DIE SACHE IST NICHT SO EINFACH, FRY. DAS FINANZAMT SAGT, DIESE 10 JAHRE SIND NICHT BELEGT, UND DARUM SOLL ICH STEUERN NACHZAHLEN!
WIE VIEL?
EINE MILLION DOLLAR! UND WENN ICH DAS GELD NICHT AUFBRINGE, MUSS ICH KONKURS ANMELDEN UND DEN PLANET EXPRESS VERKAUFEN!
VIEL GLÜCK DAMIT, FALTENSACK. BIN ICH FROH NICHT DU ZU SEIN. WAR NETT, EUCH GEKANNT ZU HABEN, BIS AUF ZOIDBERG.
OOCH.
SCRUFFY GEHT WIEDER AUF DIE UNI, UM SEINEN MAGISTER IN THEORETISCHER WARTUNGSWISSENSCHAFT ABZUSCHLIESSEN!
WARTET!
WIR KÖNNEN DEN PROFESSOR IN DIESER STUNDE DER NOT NICHT VERLASSEN! WIR MÜSSEN DAS GELD EBEN MIT VEREINTEN KRÄFTEN AUFBRINGEN!
ALS WIR AM BODEN WAREN, HALF UNS DER PROFESSOR MIT SCHLECHT BEZAHLTEN JOBS! JETZT IST ES AN DER ZEIT, UNSERE DANKBARKEIT ZU ZEIGEN!

HAHAHAHAHAHAHAHA!
ICH GLAUBE, FRY HAT VON DER VERDORBENEN MILCH GETRUNKEN, GENAU WIE ZOIDBERG!
FALSCHES PASSWORT!
WARUM LACHE ICH NOCH GLEICH?
ICH BIN BEREIT, MEINEN TEIL BEIZUTRAGEN. PROFESSOR, WIE VIEL ZEIT HABEN WIR, UM DAS GELD AUFZUTREIBEN?
REICHLICH. EINE GANZE WOCHE!
EINE WOCHE?!? ELENDER KLEINER --
ACH -- DU -- NEIN!
OKAY, LEUTE. WIE ÜBLICH HAT FRY SEIN HERZ AM RECHTEN FLECK, UND SEIN HIRN... WOANDERS. ABER ER HAT RECHT. WIR MÜSSEN ES VERSUCHEN, FÜR DEN PROFESSOR.
OOH, WAS HABT IHR NUR ANDAUERND MIT EUREM „VERSUCHEN"?
FÜR DEN PROFESSOR!
FÜR DEN PROFESSOR!
HÄ, HÄ!
AUA!
UI! HÄNDCHENHALTEN MIT FREUNDEN!

PLANET EXPRESS HOVERCAR-WÄSCHE!
WIR WASCHEN UND WACHSEN JEDES FAHRZEUG FÜR NUR 10¢
BENDERS
LECKERE LECKEREIEN
VOM LECKERSTEN!
♫There ain't no tellin' who you might meet...♫
Let me tell you it's better than diggin' a ditch!♫
♫OO-OOO!♫ ♫You might not ever get rich! ♫
...♫a movie star or maybe even an...Indian chief! ♫Workin' at the car wash, workin' at the car wash, yeah...♫
♫C'mon and sing it with me!♫ ♫Car wash! Sing it!♫ ...
♫♫ Workin' at the car wash! ♫ Singin' it with feelin' now! ♫ ♫Car wash yeah!♫

VIER TAGE SPÄTER...
HÖRT ZU, LEUTE!
TROTZ DER SPITZENMÄSSIGEN ABVERKÄUFE DES VIDEOS „KESSE MÄDELS AUF ARBEIT", AMYS BIKINI-HOVERCAR-WÄSCHE UND, WIEDERUM, AMYS NACHHILFESTUNDEN IM FRANZÖSISCH-KÜSSEN...
...FEHLEN UNS ZUM BEZAHLEN DER SCHULDEN IMMER NOCH $993.422.
KESSE MÄDELS AUF ARBEIT
PUH! ICH HATTE SCHON ANGST, ES WÜRDE WAS AUSMACHEN, WENN ICH MEINEN 5000-DOLLAR-ANTEIL AUS DEM VIDEOVERKAUF ABGREIFE!
ACH, MACHEN WIR UNS NICHTS VOR. DER PLANET EXPRESS IST AM ENDE, UND IHR LANDET ALLE AUF DER STRASSE!
DANN WAR ALL DAS FRANZÖSISCHE KÜSSEN VERGEBENS?!
NICHT GANZ. SCRUFFY KANN JETZT MIT SEINER ZUNGE EINEN KIRSCH-STÄNGEL VERKNOTEN.
TJA, BLEIBT UNS NICHTS ANDERES MEHR, ALS UNS IN WEHLEID ZU ERGEHEN UND UNSERE UNTÄTIGKEIT AUF SCHWERE DEPRESSIONEN UND HOFFNUNGSLOSIGKEIT ZU SCHIEBEN.
WIE AN JEDEM ARBEITSTAG.
DAS KANN ICH!
HMMM...

HALLO? MORBOS „GAZILLIONÄR-SHOW DES TODES"? ICH MÖCHTE GERN DEN *KANDIDATENTEST* MACHEN, BITTE... SICHER, ICH BEANTWORTE GERNE EINIGE TESTFRAGEN... *PHILIP J. FRY... 25...* ÄH, *AUF KOHLENSTOFF BASIERENDE LEBENSFORM --* GLAUB ICH...
...UND NACH AUSKUNFT DES MANNES VOM FISCHMARKT WÜRDE ZOIDBERGS *KADAVER* GUT *ZWOFÜNFZIG PRO PFUND* BRINGEN.
HURRA! ZOIDBERG IST *NÜTZLICH!*
ICH HAB'S *GESCHAFFT!*
DU HAST EINEN *BESSEREN* MARKTPREIS FÜR ZOIDBERG GEFUNDEN?
NEIN, ICH MACH BEI DER „GAZILLIONÄR"-SHOW MIT!
DU HAST DEN TEST DER KANDIDATEN-*HOTLINE* BESTANDEN? WIE DAS?
KEINE AHNUNG. ICH WUSSTE DIE ANTWORTEN EINFACH!
JAHA, LEELA! FRY IST EIN *GENIE,* VERGISS DAS *BLOSS NICHT!*
DANKE, KUMPEL.
DAVON KANNST DU NOCH *MEHR* HABEN, WENN DU MIR WAS VON DEINEN *TOLLEN PREISEN* ABGIBST...

FRY, GEH DA NICHT HIN! WENN DU VERLIERST, STIRBST DU!
WERD ICH NICHT. VERLIEREN IST WAS FÜR VERLIERER! SEH ICH WIE'N VERLIERER AUS?
FRY, ICH WEISS JA, DASS DU ES GUT MEINST, ABER DAS IST SELBSTMORD.
ICH BIN WENIGSTENS BEREIT, SO EIN OPFER FÜR DEN PROFESSOR ZU BRINGEN!
DENKT DOCH AN ALL DAS, WAS ER FÜR UNS TUT!
DASS ER UNS AUF KAMIKAZE-MISSIONEN SCHICKT?
UND UNS DIE HÄLFTE DES GESETZLICHEN MINDEST-LOHNS ZAHLT?
GAR NICHT ZU REDEN VON DEN WILL-KÜRLICHEN ALKOHOL-KONTROLLEN!
DANN SEHT'S MAL SO: WENN KEINEM WAS BESSERES EINFÄLLT, IST MORGEN UNSER LETZTER TAG BEIM PLANET EXPRESS, UND ICH WERDE TUN, WAS IN MEINEN KRÄFTEN STEHT, UM DAS ZU VERHINDERN!
ALSO, WER WILL MIR HELFEN, NICHT UMGE-BRACHT ZU WERDEN, INDEM ER ALS MEIN „ANTWORT-JOKER" MITKOMMT?
NIEMALS!
VERZICHTE DANKEND!
MMH-MH.
OOH! NIMM MICH! ICH HABE EINEN ABSCHLUSS IN MEDIZIN! MEIN NAME BEDEUTET „SCHLAUFUCHS" AUF KALAMARISCH!

WARUM WILL NIEMAND MIT MIR ZU DER SHOW?
DOCH, ICH, ICH!
WEIL DEIN ANTWORT-JOKER EBENFALLS STIRBT, WENN DU DIE FRAGE FÜR EINE MILLION ODER DARÜBER VERBOCKST!
ICH WETTE, MEIN BESTER FREUND LÄSST MICH NICHT IM STICH!
IRRTUM. ABER DA WIR ROBOTER WEGEN UNSERES GEHIRNSPEICHERS ALS „ANTWORT-JOKER" NICHT ZUGELASSEN SIND, HAB ICH DA EH KEIN MORALISCHES DILEMMA.
DANN KOMMT ALSO KEINER MIT?
HEY! HIER, MEISTER! ICH BIN DABEI! ICH DECK DIR DIE SCHWANZFLOSSE!
SCHÖN! ABER VERGESST NICHT, WER EURE JOBS GERETTET HAT, WENN ICH MIT DER MILLION ZURÜCKKOMME!
UND ICH HELFE DIR INDEM ICH SICHERHEITSHALBER SCHON MAL DIE BESTATTUNGSKOSTEN DURCHRECHNE, KUMPEL.
GUTE NEUIGKEITEN, IHR LIEBEN! WIR MACHEN WIEDER MAL EINE ALKOHOLKONTROLLE!
ARRGHVERDAMMTER -- !!

AM NACHMITTAG...
WIR MÜSSEN IHN IRGENDWIE AUFHALTEN ...
BESSERWISSEREI FÜR ANFÄNGER
VON DENNIS MILLERS KOPF
QUIZSHOWS FÜR DUSSELIGE
ALLGEMEINE GAMESHOW-FRAGEN VON GÜNTHER JAUCHS KOPF
FRY WIRD IN DIESER GAMESHOW UMKOMMEN! DAS IST EINE KAMIKAZE-MISSION!
GENAU WIE JEDER TAG SEINES LEBENS.
WAS KÖNNEN WIR TUN? DER PROFESSOR BRAUCHT DAS GELD, UND ES SCHEINT KEINEN ANDEREN AUSWEG ZU GEBEN, ES SEI DENN, WIR ÜBERFALLEN EINE BANK.
OH! ICH HAB DIE SKIMASKEN! WER BESORGT EIN FLUCHTAUTO?
WIR WERDEN NICHT KRIMINELL. DIESMAL NICHT. WIR MÜSSEN GEMEINSAM EINEN SICHEREN WEG FINDEN, UM AN DAS GELD ZU KOMMEN.
ICH WEISS NICHT, WEN DER PROFESSOR KENNEN KÖNNTE, DER SO VIEL SCHOTTER HAT!
WER KÖNNTE NUR SO VIEL HABEN?
MOM'S
STARKBIER
MIR FÄLLT NIEMAND EIN!
MOM
MOM'S
STARKBIER
MOM
SCRUFFY WEISS JEMANDEN...

SPÄTER...
UM NICHTS IN DER GALAXIS WERDE ICH DIESEN DURCHGELEGENEN SABBERSACK UM IRGENDETWAS BITTEN, SCHON GAR NICHT UM GELD!
SIE MÜSSEN MOM FRAGEN! FRYS LEBEN HÄNGT DAVON AB! ER MACHT BEI DIESER GAMESHOW MIT, UM DAS GELD FÜR PLANET EXPRESS ZU GEWINNEN! FÜR SIE!
ICH HAB'S! ICH ERSCHAFFE EINEN KLON VON FRY, DER FÜR IHN EINSPRINGEN WIRD. WIEVIEL ZEIT HABE ICH?
ER TRITT MORGEN IN DER SHOW AUF.
VERFLUCHTER LÜMMEL! WEISS ER DENN NICHT, DASS KLONEN ZEIT BRAUCHT? UND UM ES ORDENTLICH ZU MACHEN, MÜSSTE ICH BEI IHM EINE LOBOTOMIE MACHEN...
PROFESSOR, BITTEN SIE MOM EINFACH, IHNEN DAS GELD ZU LEIHEN, UND WIR HELFEN ALLE BEIM ZURÜCKZAHLEN.
ER WÜRDE ES FÜR SIE TUN.
UMPF!
WILLST DU WAS VON MIR? DANN KOMM RAUS! MACH SCHON...
ER HAT NICHT DEN HAUCH EINER CHANCE, ODER?
NOCH WENIGER.

WIE VIEL GELD WILLST DU?!?
BWAHAHAHA!!!...
WER WIRD...
EROBERT UND VERNICHTET?
DIENSTAGS UM
IRDISCHER

HAHAHAHA!
ER SAGTE, ER WILL EINE MILLION DOLLAR BORGEN, MOM...
STILL, IHR DRECKFRESSEN-DEN KRETINS!
KLATSCH!
KLATSCH!
KLATSCH!
HUBERT, WARUM ZUM TEUFEL SOLLTE ICH DIR GELD LEIHEN, WO DU NIE ETWAS FÜR MICH GETAN HAST, AUSSER MEIN HERZ ZU BRECHEN?
ICH WEISS, DASS ICH IN UNSERER BEZIEHUNG EINIGE FEHLER GEMACHT HABE, UND DAS TUT MIR LEID.
ABER ICH HOFFE, DU ERINNERST DICH AN DIE GUTEN ZEITEN, DIE WIR GETEILT HABEN.
DAS GLÜCK, DAS UNS EINST --
SCHIEB DIR DAS IN DEINE GESÄSSFALTE! SÜSSHOLZRASPELN HILFT DIR JETZT NICHT, HUBIE!
BLAM!
WENN DU MIR DAS GELD NICHT LEIHST, VERLIERE ICH DEN PLANET EXPRESS -- MENSCHEN KÖNNTEN STERBEN!
VIELLEICHT KÖNNEN WIR EINANDER HELFEN... WIE WÄR'S DENN, WENN ICH DEN PLANET EXPRESS KAUFEN WÜRDE UND DU UND DEINE CREW UNTER MIR ARBEITEN, UM DIE SCHULD ABZUZAHLEN? WIE IN ALTEN ZEITEN. MEIN JUNGE HIER, IGNER, KÖNNTE DEIN LEHRLING SEIN. ER IST SEHR TALENTIERT...
ICH HABE EINEN PUPSIE ERFUNDEN.
NUR ÜBER MEINE SCHLAFFE, HAARLOSE, VERKÜMMERTE LEICHE! DU KRIEGST DEN PLANET EXPRESS NIEMALS!
LIEBER MACHE ICH PLEITE, EHE ICH WIEDER FÜR JEMAND WIE DICH ARBEITE!
WIR KÖNNEN IHN ZUM VERKAUF „ÜBERREDEN", MUTTER -- MIT SCHRAUBSTOCK UND LÖTLAMPE...
IDIOTEN! DIESER „PUPSIE"-SPRUCH HAT DEN DEAL VERSAUT!
OH-OH. ICH HAB' GERADE NOCH EINEN ERFUNDEN.
KLATSCH!
KLATSCH!
KLATSCH!

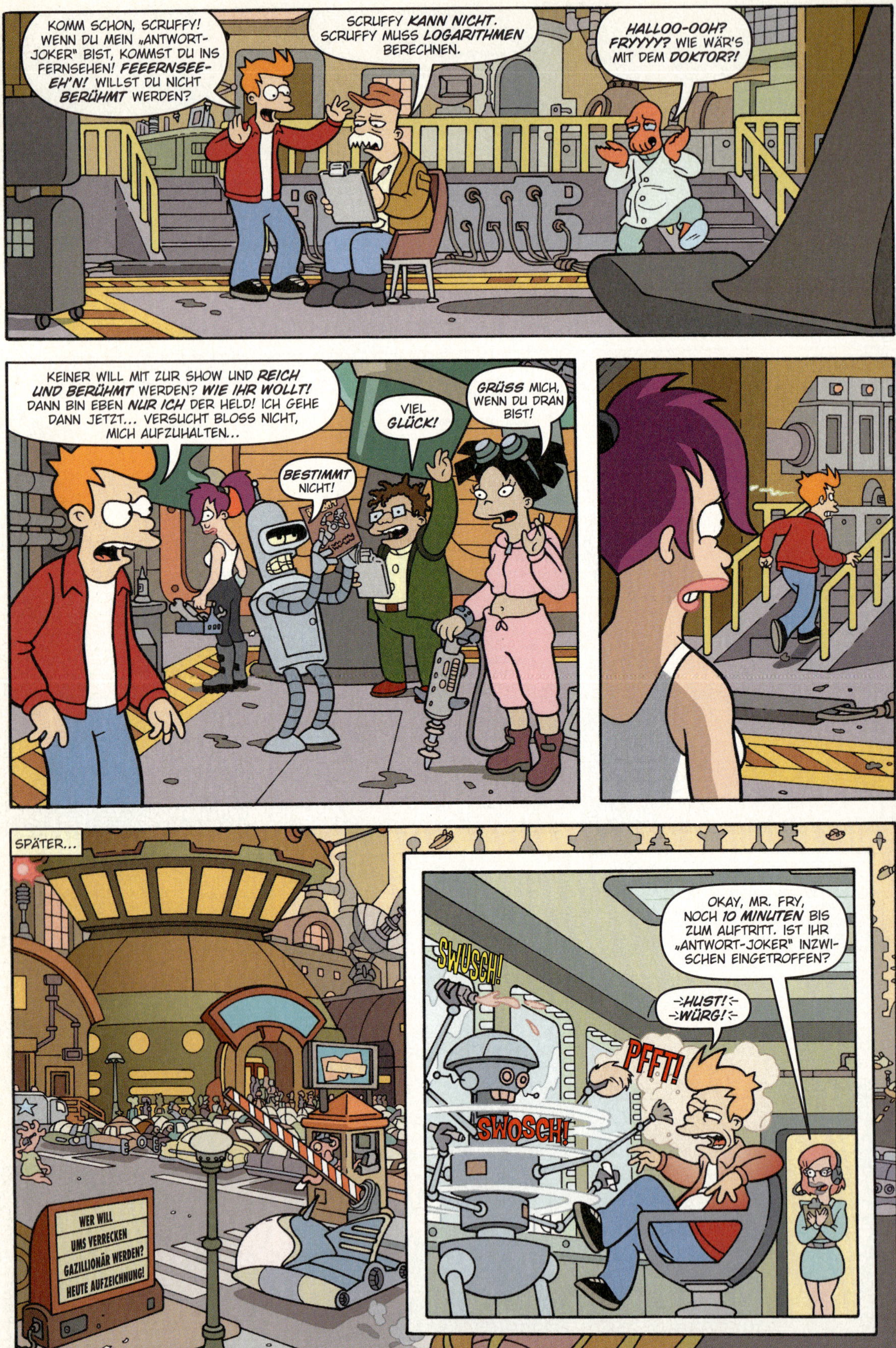
KOMM SCHON, SCRUFFY! WENN DU MEIN „ANTWORT-JOKER" BIST, KOMMST DU INS FERNSEHEN! FEEERNSEE-EH'N! WILLST DU NICHT BERÜHMT WERDEN?
SCRUFFY KANN NICHT. SCRUFFY MUSS LOGARITHMEN BERECHNEN.
HALLOO-OOH? FRYYYY? WIE WÄR'S MIT DEM DOKTOR?!
KEINER WILL MIT ZUR SHOW UND REICH UND BERÜHMT WERDEN? WIE IHR WOLLT! DANN BIN EBEN NUR ICH DER HELD! ICH GEHE DANN JETZT... VERSUCHT BLOSS NICHT, MICH AUFZUHALTEN...
BESTIMMT NICHT!
VIEL GLÜCK!
GRÜSS MICH, WENN DU DRAN BIST!
SPÄTER...
WER WILL UMS VERRECKEN GAZILLIONÄR WERDEN? HEUTE AUFZEICHNUNG!
OKAY, MR. FRY, NOCH 10 MINUTEN BIS ZUM AUFTRITT. IST IHR „ANTWORT-JOKER" INZWISCHEN EINGETROFFEN?
SWUSCH!
-HUST!- -WÜRG!-
PFFT!
SWOSCH!

ÄH, ACH JA, WEGEN DER SACHE... ÄH, ICH DENKE NICHT --
SPAR DIR DAS DENKEN FÜR DIE SHOW AUF, FRY!
LEELA! DU BIST DA!
KANN DICH DOCH NICHT OHNE GUTEN KAMPF STERBEN LASSEN.
ALSO, WIE SIEHT DER PLAN AUS? WENN ICH FALSCH ANTWORTE, GREIFST DU MORBO AN, UND ICH LAUF WEG WIE EIN MÄDCHEN?
KEIN PLAN. WIR SPIELEN EHRLICH UND FAIR. KOMME, WAS WOLLE!
OH. PRIMA.
ES IST SHOWTIME, LEUTE!
ETWAS SPÄTER...
ALSO DANN -- VIEL GLÜCK ALLERSEITS!
SCHIEB AB!
DU BIST FÄLLIG, DU!
GLÜCK IST WAS FÜR WIESAGTMAN -- ARSCHGEIGEN!
-SCHLUCK!-

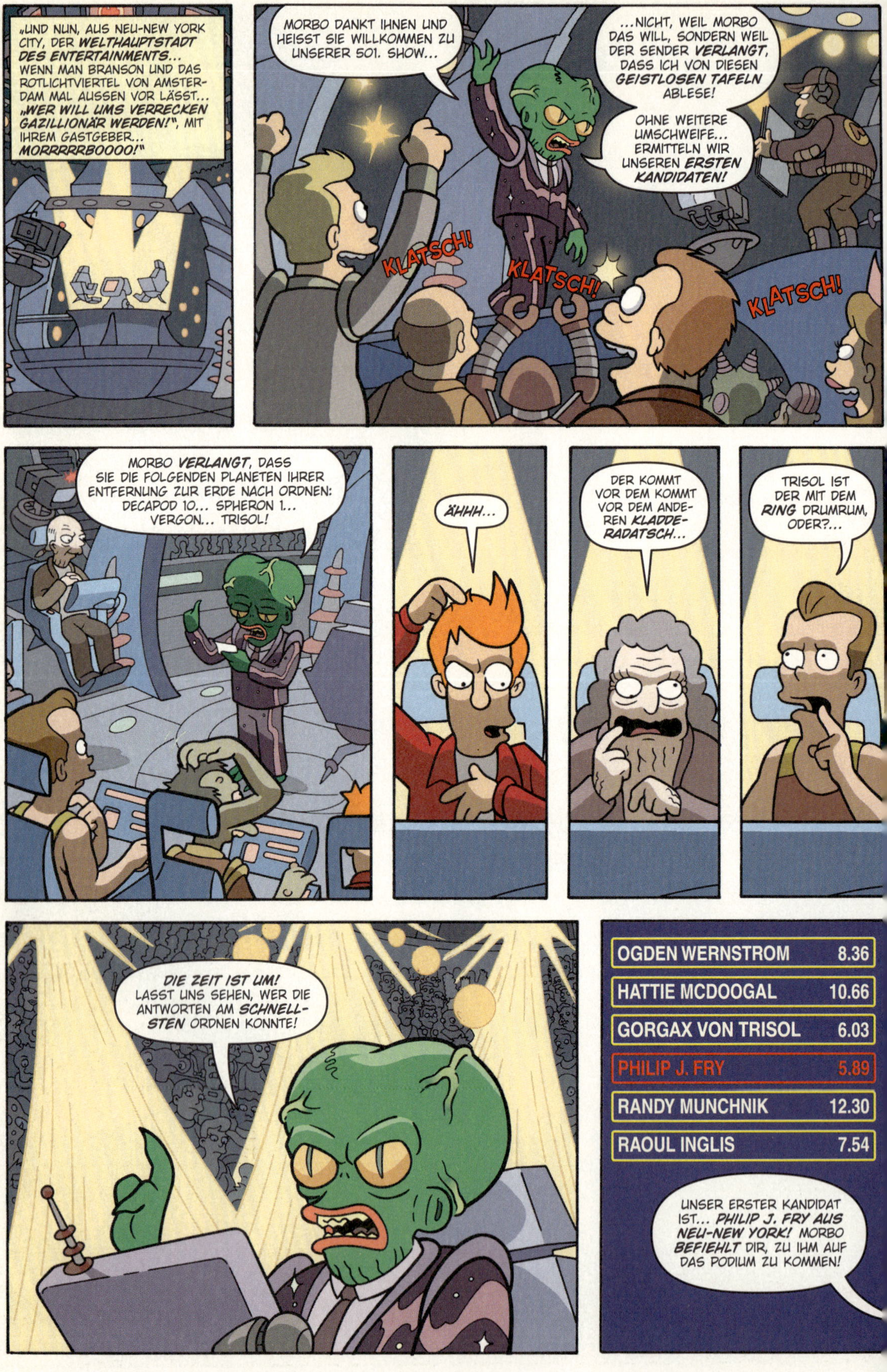
„UND NUN, AUS NEU-NEW YORK CITY, DER WELTHAUPTSTADT DES ENTERTAINMENTS... WENN MAN BRANSON UND DAS ROTLICHTVIERTEL VON AMSTERDAM MAL AUSSEN VOR LÄSST... „WER WILL UMS VERRECKEN GAZILLIONÄR WERDEN!", MIT IHREM GASTGEBER... MORRRRRBOOOO!"
MORBO DANKT IHNEN UND HEISST SIE WILLKOMMEN ZU UNSERER 501. SHOW...
...NICHT, WEIL MORBO DAS WILL, SONDERN WEIL DER SENDER VERLANGT, DASS ICH VON DIESEN GEISTLOSEN TAFELN ABLESE!
OHNE WEITERE UMSCHWEIFE... ERMITTELN WIR UNSEREN ERSTEN KANDIDATEN!
KLATSCH!
KLATSCH!
KLATSCH!
MORBO VERLANGT, DASS SIE DIE FOLGENDEN PLANETEN IHRER ENTFERNUNG ZUR ERDE NACH ORDNEN: DECAPOD 10... SPHERON 1... VERGON... TRISOL!
ÄHHH...
DER KOMMT VOR DEM KOMMT VOR DEM ANDEREN KLADDERADATSCH...
TRISOL IST DER MIT DEM RING DRUMRUM, ODER?...
DIE ZEIT IST UM! LASST UNS SEHEN, WER DIE ANTWORTEN AM SCHNELLSTEN ORDNEN KONNTE!
OGDEN WERNSTROM 8.36
HATTIE MCDOOGAL 10.66
GORGAX VON TRISOL 6.03
PHILIP J. FRY 5.89
RANDY MUNCHNIK 12.30
RAOUL INGLIS 7.54
UNSER ERSTER KANDIDAT IST... PHILIP J. FRY AUS NEU-NEW YORK! MORBO BEFIEHLT DIR, ZU IHM AUF DAS PODIUM ZU KOMMEN!

KLATSCH!
ASTREIN! ICH FREU MICH ECHT, HIER ZU SEIN, MORBO, UND --
STILL, UNVERSCHÄMTER MENSCH! DEIN VERHÄNGNIS WIRD DICH FRÜH GENUG EREILEN! LASST UNS SPIELEN!
KLATSCH!
KLATSCH!
KLATSCH!
OH MEIN GOTT! ER SPIELT ALSO TATSÄCHLICH!
MANN, WIRD FRY SICH FREUEN, WENN ER VON DEM RABATT HÖRT, DEN ICH IHM FÜR EIN MAUSOLEUM AUSGEHANDELT HABE! ES LIEGT IN EINEM SUMPF, ABER DIE AUSSICHT IST ZUM STERBEN SCHÖN!
„ZUM STERBEN"! ICH SOLLTE SO WAS WIRKLICH AUFSCHREIBEN...
WAS GEHT HIER VOR? WARUM HABT IHR NOCH NICHT GEKÜNDIGT?
MACHEN WIR NOCH, GLEICH NACH DER „GAZILLIONÄR"-SHOW. FRY SPIELT UMS GROSSE GELD.
FRY TRITT IN DIESER GEFÄHRLICHEN QUIZSHOW AUF? ER KÖNNTE STERBEN!
LUSTIG, NICHT? POPCORN?
„ZUM STERBEN"... ZUSAMMENHANG: GRAB IM SUMPF...
ENTSCHULDIGT, ABER ICH MUSS ETWAS ERLEDIGEN!

DERWEIL ...
FÜR 500 DOLLAR: WELCHER DER FOLGENDEN SPORTLER HAT SEINE EX-FRAU NICHT ERMORDET?
$500
KURZ DARAUF...
A) MIKE PIAZZA.
KORREKT!
GANZ KURZ DANACH...
C) ‚BOCCIA' NACH RUGBY-REGELN.
WIEDER RICHTIG!
DIE MILLION RÜCKT IMMER NÄHER...
„ICH KANN NICHT GLAUBEN, DASS DAS KEIN COUS-COUS-AUFSTRICH IST"...
IST DAS IHRE ENDGÜLTIGE ANTWORT, MR. FRY?
ÄHH... MMMH... JA?
PHILIP J. FRY... SIE HABEN GERADE 500.000 DOLLAR GEWONNEN!
SIE SIND ABERMALS DEM TOD ENTGANGEN! GLÜCKWUNSCH!
KLATSCH!
DAS WAR SPITZE!
KLATSCH!
KLATSCH!
MORBO BEFIEHLT DEM STUDIOPUBLIKUM, STILL ZU SEIN! NUN, MR. FRY, MÖCHTEN SIE MIT DER EINE-MILLION-DOLLAR-FRAGE FORTFAHREN?
DENKEN SIE DARAN, NOCH STEHT IHNEN IHR „ANTWORT-JOKER" ZUR VERFÜGUNG.

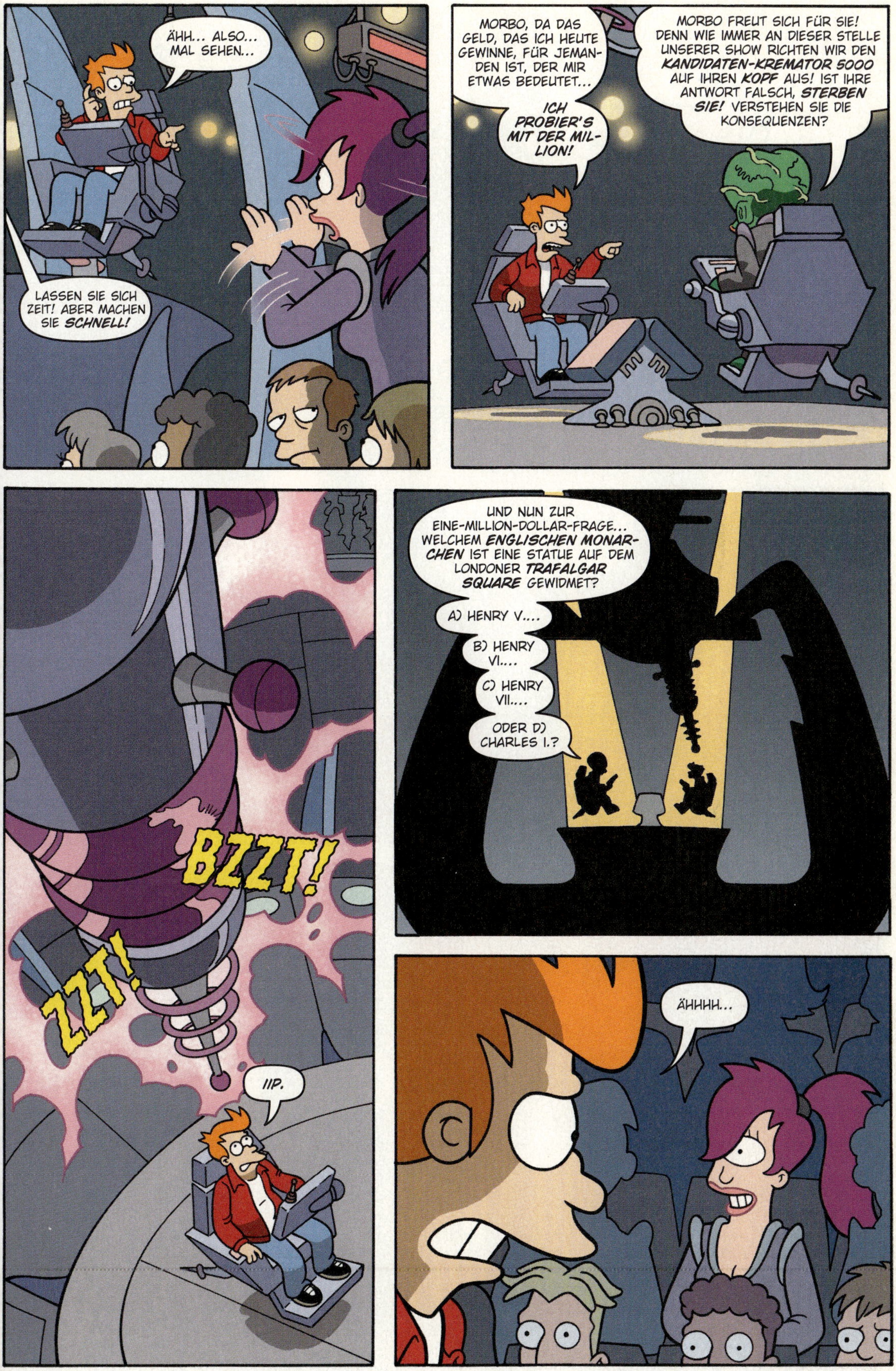
ÄHH... ALSO... MAL SEHEN...
LASSEN SIE SICH ZEIT! ABER MACHEN SIE SCHNELL!
MORBO, DA DAS GELD, DAS ICH HEUTE GEWINNE, FÜR JEMANDEN IST, DER MIR ETWAS BEDEUTET...
ICH PROBIER'S MIT DER MILLION!
MORBO FREUT SICH FÜR SIE! DENN WIE IMMER AN DIESER STELLE UNSERER SHOW RICHTEN WIR DEN KANDIDATEN-KREMATOR 5000 AUF IHREN KOPF AUS! IST IHRE ANTWORT FALSCH, STERBEN SIE! VERSTEHEN SIE DIE KONSEQUENZEN?
BZZT!
ZZT!
IIP.
UND NUN ZUR EINE-MILLION-DOLLAR-FRAGE... WELCHEM ENGLISCHEN MONARCHEN IST EINE STATUE AUF DEM LONDONER TRAFALGAR SQUARE GEWIDMET?
A) HENRY V....
B) HENRY VI....
C) HENRY VII....
ODER D) CHARLES I.?
ÄHHHH...

ICH MÖCHTE MEINEN ANTWORT-JOKER EINSETZEN: MEINE FREUNDIN LEELA AUS DEM PUBLIKUM.
KLATSCH!
MORBO VERLANGT, DASS LEELA ZU UNS AUFS PODIUM KOMMT! ZWEI TOTE ZUM PREIS VON EINEM! MORBO GERÄT IN EKSTASE!
KLATSCH!
KLATSCH!
SIE HABEN 30 SEKUNDEN, UM DIE FRAGE ZU BESPRECHEN UND ZU BEANTWORTEN! LOS!
SORRY, LEELA.
:30
WEISST DU ES?
MACHST DU WITZE? ICH KENNE KEINEN VON DEN ROYALS, BEVOR CHARLES XXIV. KÖNIG VON ENGLAND WURDE!
ABER ICH GLAUBE, SEIN VATER HIESS AUCH CHARLES...
:23
WÄRE ES UNTERTRIEBEN ZU SAGEN, DASS ICH NIE GEDACHT HÄTTE, ES WÜRDE MAL SO ENDEN?
WIR SIND SO WAS VON GELIEFERT! DENK NACH, FRY, DENK NACH!
:15

...UNTER ANDEREM STEHT HIER, DASS CHARLES I. DER ERSTE ENGLISCHE KÖNIG WAR, DER AUF DEM THRON ENTHAUPTET WURDE. DARUM STEHT DIESE STATUE VON IHM AUF DEM PFERD HEUTE NOCH AUF DEM TRAFALGAR SQUARE.
WARTE MAL...
DIE BÖSEN MÄDCHEN AUS DEM BUCKINGHAM PALAST
:9
SCRUFFY LIEST DIE ARTIKEL.
SCHIEB DIR TEEGEBÄCK REIN, SCRUFFY! ICH WILL KÖNIGLICHE HAUT SEHEN!
ICH WEISS ES!
MORBO VERLANGT EINE ANTWORT!
NZZZZZ!
:0
DIE ANTWORT IST... D) CHARLES DER ERSTE!
ZU MORBOS FASSUNGSLOSER BESTÜRZUNG... DAS IST KORREKT! PHILIP J. FRY, SIE HABEN EINE MILLION DOLLAR GEWONNEN!
JIPPIIEE!
DU HAST'S GESCHAFFT!
WIR HABEN PLANET EXPRESS GERETTET!
WAHNSINN!
MÖCHTEN SIE IHREM UNVERMEIDLICHEN TOD WEITER VON DER SCHIPPE SPRINGEN, MR. FRY?

VERGISS ES!
DANN HEBT EUCH HINFORT, DAMIT MORBO EINEN WEITEREN TÖRICHTEN STERBLICHEN ERWÄHLEN KANN, DER FÜR BARGELD UND SAGENHAFTE PREISE DIE VERNICHTUNG RISKIERT!
ICH DACHTE NICHT, DASS ICH'S SCHAFFEN WÜRDE.
ICH AUCH NICHT. WOHER WUSSTEST DU DIE ANTWORT?
DAS FING ALLES MIT SCRUFFY AN--
TU'S NICHT, FRY!
PROFESSOR?!
FRY, MEIN JUNGE, RISKIER DEIN LEBEN NICHT FÜR PLANET EXPRESS! ICH HABE MICH DARUM GEKÜMMERT!
ALLES OKAY, PROFESSOR. FRY HAT DIE MILLION GEWONNEN. SIE KÖNNEN DIE FIRMA BEHALTEN!
ACH DU LIEBE ZEIT, DAS WÄRE JA EIN ÜBERAUS GLÜCKLICHES ENDE, WENN PROFESSOR FARNSWORTH PLANET EXPRESS NICHT BEREITS AN MICH VERKAUFT HÄTTE. WIE KÖNNTE ICH JEMANDEM WIDERSTEHEN, DER IN ÄUSSERSTER NOT AUF ALLEN VIEREN ZU MIR GEKROCHEN KOMMT UND HEULT WIE DER SCHLAPPSCHWANZ, DER ER AUCH IST?
SIE IST SO LIEB!
FRY, DAS HEISST, DU KANNST DIE MILLION BEHALTEN! DU BIST REICH!
ÄHM... EIGENTLICH NICHT!
DER VERKAUF DES PLANET EXPRESS FAND ZWÖLF MINUTEN VOR MR. FRYS SIEG STATT. SOMIT IST ER EIN ANGESTELLTER VON MOMCORP... DENEN AUCH DIESE SHOW GEHÖRT.
...NICHT TEILNAHMEBERECHTIGT? ACH JE... NUN, REGELN SIND REGELN.
DAS HEISST, ER IST...
UND DIE REICHEN WERDEN REICHER, LIEBSTE MUTTER. ICH HÖRTE GERADE, DASS DIE HEUTIGE SENDUNG EINEN ANTEIL VON 620 HATTE! UNSER AKTIENKURS SCHIESST HIMMELWÄRTS!
ICH GLAUBE, ICH WEISS, WIE ALLE PROBLEME ZU LÖSEN SIND!

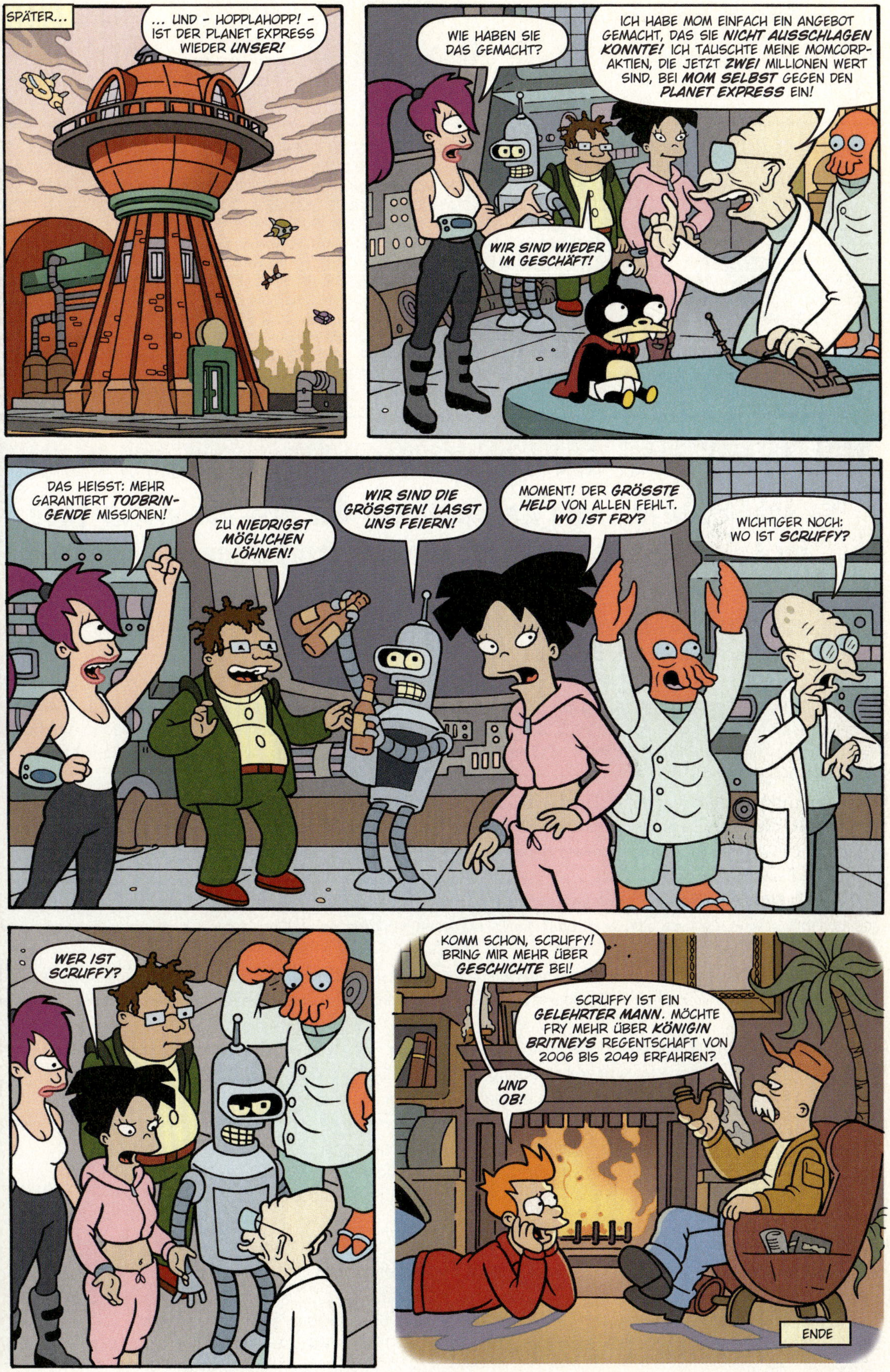

SPÄTER...
... UND - HOPPLAHOPP! - IST DER PLANET EXPRESS WIEDER UNSER!
WIE HABEN SIE DAS GEMACHT?
ICH HABE MOM EINFACH EIN ANGEBOT GEMACHT, DAS SIE NICHT AUSSCHLAGEN KONNTE! ICH TAUSCHTE MEINE MOMCORP-AKTIEN, DIE JETZT ZWEI MILLIONEN WERT SIND, BEI MOM SELBST GEGEN DEN PLANET EXPRESS EIN!
WIR SIND WIEDER IM GESCHÄFT!
DAS HEISST: MEHR GARANTIERT TODBRINGENDE MISSIONEN!
ZU NIEDRIGST MÖGLICHEN LÖHNEN!
WIR SIND DIE GRÖSSTEN! LASST UNS FEIERN!
MOMENT! DER GRÖSSTE HELD VON ALLEN FEHLT. WO IST FRY?
WICHTIGER NOCH: WO IST SCRUFFY?
WER IST SCRUFFY?
KOMM SCHON, SCRUFFY! BRING MIR MEHR ÜBER GESCHICHTE BEI!
SCRUFFY IST EIN GELEHRTER MANN. MÖCHTE FRY MEHR ÜBER KÖNIGIN BRITNEYS REGENTSCHAFT VON 2006 BIS 2049 ERFAHREN?
UND OB!
ENDE

CUBERTS Ratgeber zur SCI-FI!

„ICH GRÜSSE EUCH, MEINE SCIENCE-FICTION LIEBENDEN BRÜDER! WILLKOMMEN ZU ERSTEN FOLGE MEINES LEITFADENS ZUM THEMA „WIE MAN SICH SO VIEL SCIENCE-FICTION W MÖGLICH IN SEIN TÄGLICHES LEBEN HOLEN KANN". GETRIEBEN VON MEINEM BETRÄCHTLICHE GENIE UND DEM BRENNENDEN WUNSCH, ALLES WISSEN ZU WOLLEN, HABE ICH DIESE KOMPENDIUM ZUM THEMA „WAS IST WAS IN DER SCIENCE-FICTION VON HEUTE UND DARÜBE HINAUS" ZUSAMMENGESTELLT. ICH VERSICHERE EUCH, DASS ES KEINE GRÖSSERE AUTORIT AUF DEM FELD DER SCIENCE-FICTION GIBT ALS MICH, WURDE ICH DOCH KÜRZLICH ERST ZU 'MR. SCI-FI-GOTT' ERNANNT – UND ZWAR AUF DER WEBSITE 'CUBERTFARNSWORTHFUTURE OVERLORD.COM' SOWIE VON EINEM OBDACHLOSEN, DEM ICH EINEN DOLLAR GEGEBN HABE, UN WENDELL, MEINEM UNSICHTBAREN FREUND, AUCH WENN DER PROFESSOR IHN BEHARRLICH 'IM GINÄR' NENNT. PFFT! GROSSE WORTE VON JEMANDEM, DER MIR NICHT EINMAL ERKLÄREN KAN WARUM EIN 'SCHWARZES LOCH' SCHWARZ IST! WIE AUCH IMMER, ICH HOFFE, IHR FINDET MEINEN LEITFADEN S INFORMATIV WIE UNTERHALTSAM. UND WER DAS NICHT TUT, GEHÖRT WAHRSCHEINLICH ZU DER SORTE, DIE PICAR LIEBER MAG ALS KIRK! UND WIR WISSEN JA ALLE, WAS DAS FÜR VERLIERER SIND!"

TEIL 1: WIE MAN EIN CONVENTION-WOCHENENDE PLANT:

So schöpft man seine Zeit während der drei schönsten Tage im Leben (bis zur Convention nächstes Jahr) voll aus.

FREITAG

1. **4.32 Uhr:** Erziehungsberechtigte Einheit setzt dich vor dem Convention-Center ab. Begib zu den Toren des Himmel – oder, um sachlich zu bleiben, zum Eingang.
2. **10 Uhr:** Registriere dich nach Betreten der Veranstaltungshalle. Nimm deine Tüte mit kostenlosen Werbegeschenke in Empfang, darunter ein Namensschild, ein Terminplan der Veranstaltungen, ein Autoaufkleber einer Fernsehserie, di du nie geguckt hast, ein Button für ein Buch, das du nie lesen wirst, ein Schlüsselanhänger für ein Videogame, das ni auf den Markt kommen wird, sowie zwei „Cyberdollar" im Wert von zwei Dollar, einzulösen bei Einkäufen für minde stens 200 Dollar.
3. **10.50 Uhr:** Ruf zu Hause an, melde dich bei erziehungsberechtigter Einheit.
4. **11 – 14 Uhr:** Bummle herum. Lass dich mit kostümierten Schurken aus deiner Lieblingsfernsehserie fotografieren Kaufe Schundromane, Poster und signierte Memorabilia. Gib umgehend deine „Cyberdollar" aus. Iss etwas auf de Fressmeile. Geh zum Geldautomaten.
5. **14 – 16 Uhr:** Besuche die Vorführung eines neuen dümmlichen SF-Films, in dem ein Asteroid auf die Erde zuras und zusätzlich eine Zeitmaschine und/oder Kung-Fu-Szenen vorkommen. Es sei denn, es ist ein Zeichentrickfilm Zeichentrick ist Kacke!
6. **16 – 18 Uhr:** Frage-und-Antwort-Runde mit den Machern dieses dämlichen Filmes. Erkundige dich nach der Fort setzung, die du zwar nicht sehen willst, über die du aber gerne Infos auf deiner Homepage posten möchtest, bevor e ein anderer tut.
7. **18 – 19.45 Uhr:** Geh zum Hotel, check ein. Fachsimple mit anderen Convention-Besuchern am Getränke automaten. Geh online, poste Infos über Fortsetzung. Ziehe dich für die Eröffnungsparty um.
8. **19.45 Uhr:** Ruf zu Hause an, melde dich bei erziehungsberechtigter Einheit.
9. **20 – 23 Uhr:** Geh zur Party. Misch dich unter die Elite aus den Bereichen SF-Fernsehen, -Film und -Literatur. Werde infolge von Kurzatmigkeit ohnmächtig, während du mit dem ungemein beliebten Starlet aus der ungemein beliebten TV-Serie sprichst. Schiebe deinen Blackout darauf, dass du einen „Kiba" zu viel hattest.

SAMSTAG

1. **9 – 9.45 Uhr:** Frühstücke.
2. **9.45 Uhr:** Ruf zu Hause an, melde dich bei erziehungsberechtigter Einheit.
3. **10 – 14 Uhr:** Besuche Signierstunden. Hole dir Autogramme vom beliebten Filmregisseur, vom beliebten Comiczeichner, Serienbösewicht, Robot-Sidekick, verrückten Wissenschaftler und von diversen andere „Künstlern", die mit ihrer Zeit offenbar nichts Besseres anzufangen wissen. Ganz im Gegensatz zu dir.

4. **14 – 15.45 Uhr:** Iss in der Fressmeile. Geh zum Geldautomaten. Zieh deinen letztes Geld.
5. **15.45 Uhr:** Ruf zu Hause an, melde dich bei erziehungsberechtigter Einheit. Bettele um Geld.
6. **16 – 18 Uhr:** Noch mehr Signierstunden. Mach dich über den Typen lustig, der im Kostüm des bösen Aliens aus der neuesten ***Star-Trek***-Serie herumläuft. Lauf um dein Leben, als sich herausstellt, dass der Typ das echte Alien ist, das dumme Menschen zum Versklaven sucht.
7. **18 – 20 Uhr:** Geh zurück zum Hotel. Tausche mit anderen Convention-Besuchern Autogramme am Getränkeautomaten. Zieh dich um für die „Bergfest"-Party.
8. **20 – 20.22 Uhr:** Geh zur Party. Fang Zoff mit dem lahmen Schauspieler an, der in deiner Lieblingsfernsehserie dein Lieblingsalien ersetzt hat. Lass dich von den Sicherheitskräften raustragen. Geh zurück zum Hotel.

SONNTAG

1. **9 – 9.12 Uhr:** Unternimm einen Spaziergang durch die schöne Stadt, in der die Convention stattfindet. Guck dir die Sehenswürdigkeiten an. Langweile dich. Geh zurück zur Convention.
2. **9.55 Uhr:** Ruf zu Hause an, melde dich bei erziehungsberechtigter Einheit.
3. **10 – 14 Uhr:** Schlendere über die Convention und kaufe Sachen, die überbestückte Händler zum halben Preis verschleudern.

4. **14 – 16 Uhr:** Iss in der Fressmeile. Gib deinen letzten Dollar für eine Portion Käsedip aus (mehr kannst du dir nicht leisten).
5. **16 – 18 Uhr:** Verkaufe die Sachen für die Hälfte des halben Preises, den du bezahlt hast, zurück an die zusammenpackenden Händler. Iss in der Fressmeile.
6. **18 – 20 Uhr:** Zurück zum Hotel. Zieh dein Kostüm für die Abschlussgala und den Kostümwettbewerb an.
7. **20 – ??? Uhr:** Geh zur Gala und schlendere ungehemmt umher, obwohl dein Foto an sämtliche Sicherheitsleute ausgegeben wurde, um dich fern zu halten. Melde dich zum Kostümwettbewerb an. Verliere gegen einen Roboter, der als HAL aus ***2001: Odyssee im Weltraum*** verkleidet ist (Pfft! Als ob das originell wäre!). Feiere. Gewinne den Tanzwettbewerb gegen einen Roboter, dessen einziger Tanzschritt „The Robot" ist. Begegne deinem Lieblingsstarlet wieder, verfolge sie zu ihrem Hotel. Lerne ihre Bodyguards kennen. Verliere die Besinnung.

MONTAG

1. **9 Uhr:** Erwache im Gefängnis (und bete, dass man dich in die Zelle für Nur-Menschen gesteckt hat!). Benutze das dir zustehende Telefonat, um zu Hause anzurufen. Flehe erziehungsberechtigte Einheit an, dich hier rauszuholen. Hinterlege nach Eintreffen der erziehungsberechtigten Einheit die Kaution und verschwinde mit Warp-Geschwindigkeit aus der Stadt. Verabschiede dich von einem weiteren Jahr. Schicke deine Anmeldung für die nächstjährige Convention ab, so bald du daheim bist.

Freut euch auf die nächste Folge...

Teil 2: Der Ratgeber zum Sci-Fi-Weibchen!

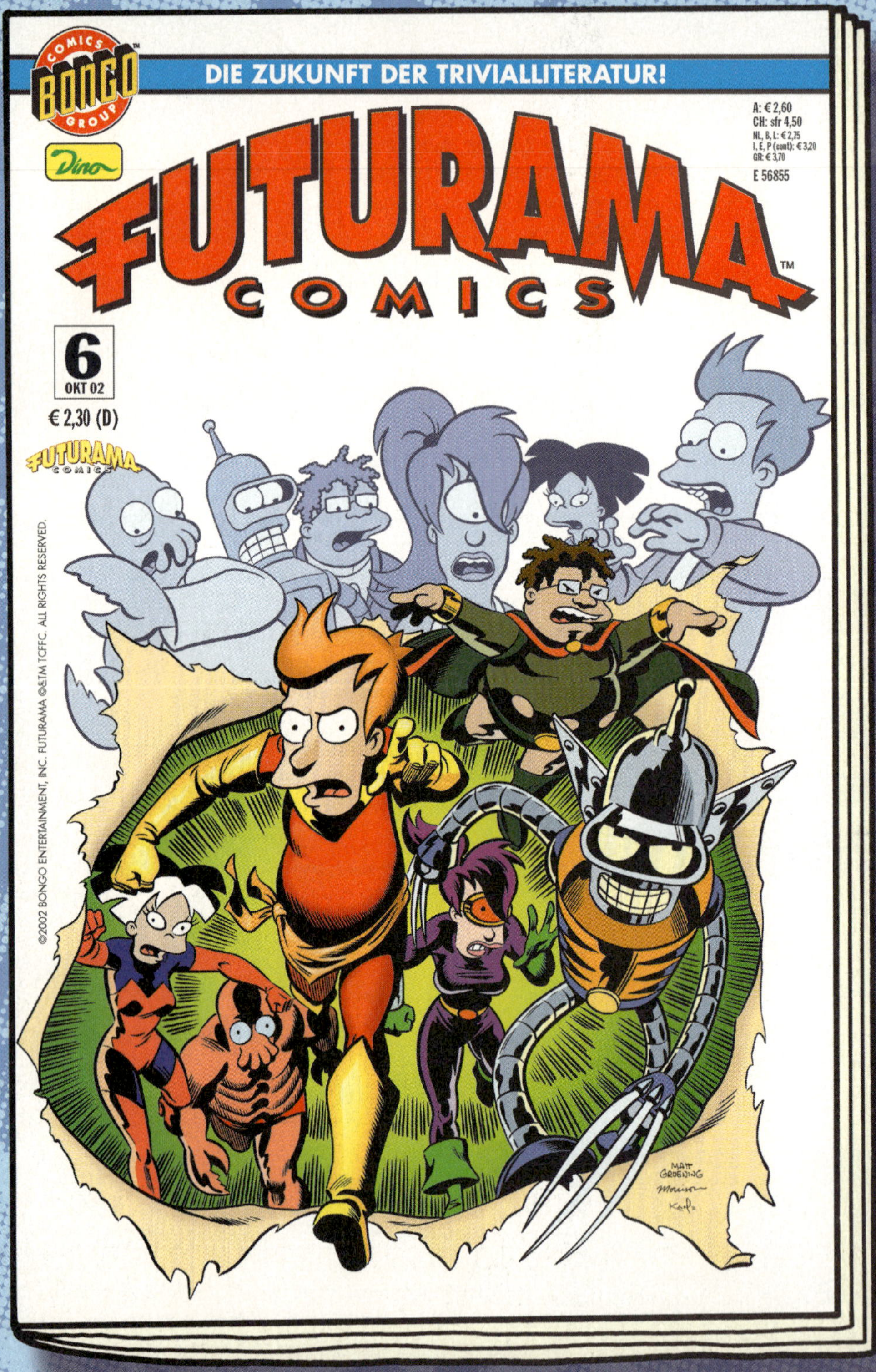

DIE ZUKUNFT DER TRIVIALLITERATUR!
A: € 2,60
CH: sfr 4,50
NL, B, L: € 2,75
I, E, P (cont): € 3,20
GR: € 3,70
E 56855
FUTURAMA
COMICS
6
OKT 02
€ 2,30 (D)
©2002 BONGO ENTERTAINMENT, INC. FUTURAMA ® & TM TCFFC. ALL RIGHTS RESERVED.

MATT GROENING PRÄSENTIERT
PLANET X-PRESS MEN
NUR NOCH... EIN PAAR... SCHRITTE. ICH... BIN... GE- LIEFERT!
SEHT HER! EIN WEITERER MIRAKULÖSER MEILENSTEIN IN DER SINNERSCHÜTTERNDEN SAGA UM DIE GROSSARTIGSTE LIEFERTRUPPE ALLER ZEITEN!!
MIT GRANDEZZA GESCHRIEBEN VON: ERIC ROGERS
MIT GENUSS GEZEICHNET VON: JAMES LLOYD
MIT GESCHICK GETUSCHT VON: STEVE STEERE JR.
MIT CHARISMA KOLORIERT VON: WICKY WEESE
MIT EINEM DICKEN ROTSTIFT REDIGIERT VON: BILL MORRISON

OKAY, HERMES! KANNST AUFHÖREN MIT DEM BLIZZARD! DER ROBOTER IST TOT!
DING! DONG!
FLUMP!
SO! DAS WIRD EUCH MIESE MISSIONARE LEHREN, UNS WEITER MIT EUREN VERSPRECHUNGEN EINES ROBOTGELENKTEN UTOPIAS ZU BELÄSTIGEN!
MAN SOLLTE MEINEN, SIE HÄTTEN'S INZWISCHEN GELERNT!
WIR HEBEN IHN BESSER AUF --
-KEUCH!- O NEIN! ER LEBT NOCH!
UND DURCH MEINE BERÜHRUNG HABE ICH SEINE FÄHIGKEIT ABSORBIERT, IN LICHTGESCHWINDIGKEIT DAS SYSTEM WIEDER HOCHZUFAHREN! ES GIBT EIGENTLICH KEINE ROBOTER MIT DIESER TECHNIK!
HEILIGER WOLVERINE VON ABERDEEN! MEINE SIBIRISCHE BLIZZARD-KRAFT HAT NOCH KEINER ÜBERLEBT! NICHT MAL SIBIRISCHE ROBOTER!
ES GIBT NUR EIN UNWETTER, DAS IHN ERLEDIGEN KANN -- DER „EL NINO MEANO", IN BLITZEN GESCHMORT UND MIT EINER GROSSZÜGIGEN PORTION HAGEL GARNIERT!

HERMES, HÖR AUF, MIT DEM WETTER HERUMZUSPIELEN! SIEHST DU NICHT, DASS WIR DIESEN ROBOTER FÜR UNSER TEAM BRAUCHEN?
EINE TELEPATHISCHE PROJEKTION VON PROFESSOR F!
ABER PROFESSOR, ER IST EIN ROBOTER! WIE SOLL ER EINER VON UNS WERDEN?
HABEN SIE MIT IHREN TELEPATHISCHEN KRÄFTEN SEINE FESTPLATTE GELESEN?
NICHT DOCH! ICH MEINTE NUR, DASS ICH SEINEN KADAVER ALS ALTMETALL FÜR SCHIFFSREPARATUREN VERWENDEN WILL!
NUN LASST UNS, UND DAMIT MEINE ICH EUCH, DEN ROBOTER REINTRAGEN. ES IST VON ÄUSSERSTER WICHTIGKEIT, DASS WIR --
HOPPLA! OBACHT MIT DEM WIND, HERMES!
KRAK!
AU! MEIN GESICHT! MEIN SCHÖNES GESICHT!

DANN, IM HAUPTQUARTIER DES PLANET EXPRESS-...
MACHEN WIR NOCH EINEN DIAGNOSE-CHECK MIT DER FESTPLATTE DIESES ROBOTERS, EHE WIR IHN IN FETZEN REISSEN!
DAMIT SIE SEINE SOFTWARE RUNTERLADEN KÖNNEN, UM FÜR ZUKÜNFTIGE KÄMPFE MEHR ÜBER ROBOTISCHE SCHWÄCHEN ZU ERFAHREN?
NEIN, ICH WILL SEHEN, OB ER TETRIS INSTALLIERT HAT! ICH LIEBE DIESES SPIEL!
JUNGE, DAS WAR UNSERE HÄRTESTE FRIEDENSMISSION BISLANG! MAN SOLLTE MEINEN, ES WÄRE EIN KLACKS, GEGEN ALIENS ZU KÄMPFEN, DIE NUR AUS BÄNDERN BESTEHEN!
ABER ECHT. WENN WIR JEMANDEN IM TEAM HÄTTEN, DER MIT KLINGENARTIGEN FORTSÄTZEN DINGE DURCHSCHNEIDEN KÖNNTE, WÄREN WIR UNBESIEGBAR!
HEY, ICH HAB' KLAUEN! ICH BIN EINE SCHNEIDEMASCHINE!
HEY, WAS GEHT DENN MIT DEM KOMISCHEN ROBOTER?
„WAS GEHT" IST GENAU DAS, WAS WIR GERADE VERSUCHEN HERAUSZUFINDEN!

WERFEN WIR EINEN BLICK HINEIN, BEVOR WIR DEN ROBOTER AUSEINANDER NEHMEN. SO HABE ICH MAL EINE GANZE FRETTCHENFAMILIE GEFUNDEN. ABER LEIDER SIND SIE EINES TAGES AUF RÄTSELHAFTE WEISE VERSCHWUNDEN, ALS ZOIDBERG NETTERWEISE AUF SIE AUFGEPASST HAT.
OHH, WELCH TRAURIGE UND KÖSTLICHE ERINNERUNG.
HEILIGES BONGWASSER! PROFESSOR, SEH ICH RICHTIG? BESTEHT SEIN SKELETT AUS --
BATTERY
JA! DAS ILLEGALSTE UND UNZERSTÖRBARSTE METALL DES UNIVERSUMS -- TITANOSTAHLORIUM!
SCHUNK!
ABER WOZU BRAUCHT EINE SIMPLE BIEGEEINHEIT EIN DERART ROBUSTES SKELETT?
SCHINK!
PFOTEN WEG, BUB!

ICH WEISS NICHT, WAS HIER LOS IST, ABER WENN EUCH DAS LEBEN VON HUMMER-BOY HIER LIEB IST, ZEIGT IHR MIR, WO'S RAUSGEHT!
HILFE! FREUNDE! ER WIRD MIR DEN DICKDARM DURCHLÖCHERN!
HM. FÜNF SUPERWESEN GEGEN EINEN! DIE CHANCEN STEHEN DEFINITIV ZU UNSEREN GUNSTEN!
FRAGT SICH ALSO NUR...
...WER WILL SEINE KRAFT VERSCHWENDEN?
ÄH, TJA, WIR HABEN DRÜBER NACHGEDACHT UND BESCHLOSSEN, DASS DU MIT DR. ZOIDBERG MACHEN KANNST, WAS DU WILLST.
LASS UNS NUR BITTE DEN SCHWANZ ÜBRIG -- DER IST AM FLEISCHIGSTEN!
>WAH!< ES GIBT ALSO DOCH KOSMISCHE GERECHTIGKEIT, WENN MAN FREMDE FRETTCHEN ISST! >SCHLUCHZ!<
MIR... BLEIBT... NUR EINS... ZU... TUN...
ER MACHT KA-PFUUMM!
>KEUCH!< ICH GLAUBE, ER HAT KEINEN SPRIT MEHR!
SCHLITZ
CLLANG!
WUUUUUUU-WUU-WUU-WUU-WUU-WUU!
HAT JEMAND EIN FENSTER AUFGEMACHT?
DIESE KLAUEN! DIESES SKELETT! AUF, AUF, TEAM! WIR MÜSSEN DIESEN ROBOTER RASCH WIEDER AUFTANKEN, UM DIE RÄTSEL HINTER SEINER ABNORMEN BAUWEISE ZU ERGRÜNDEN! ER KÖNNTE NÄMLICH... EINER VON UNS SEIN!

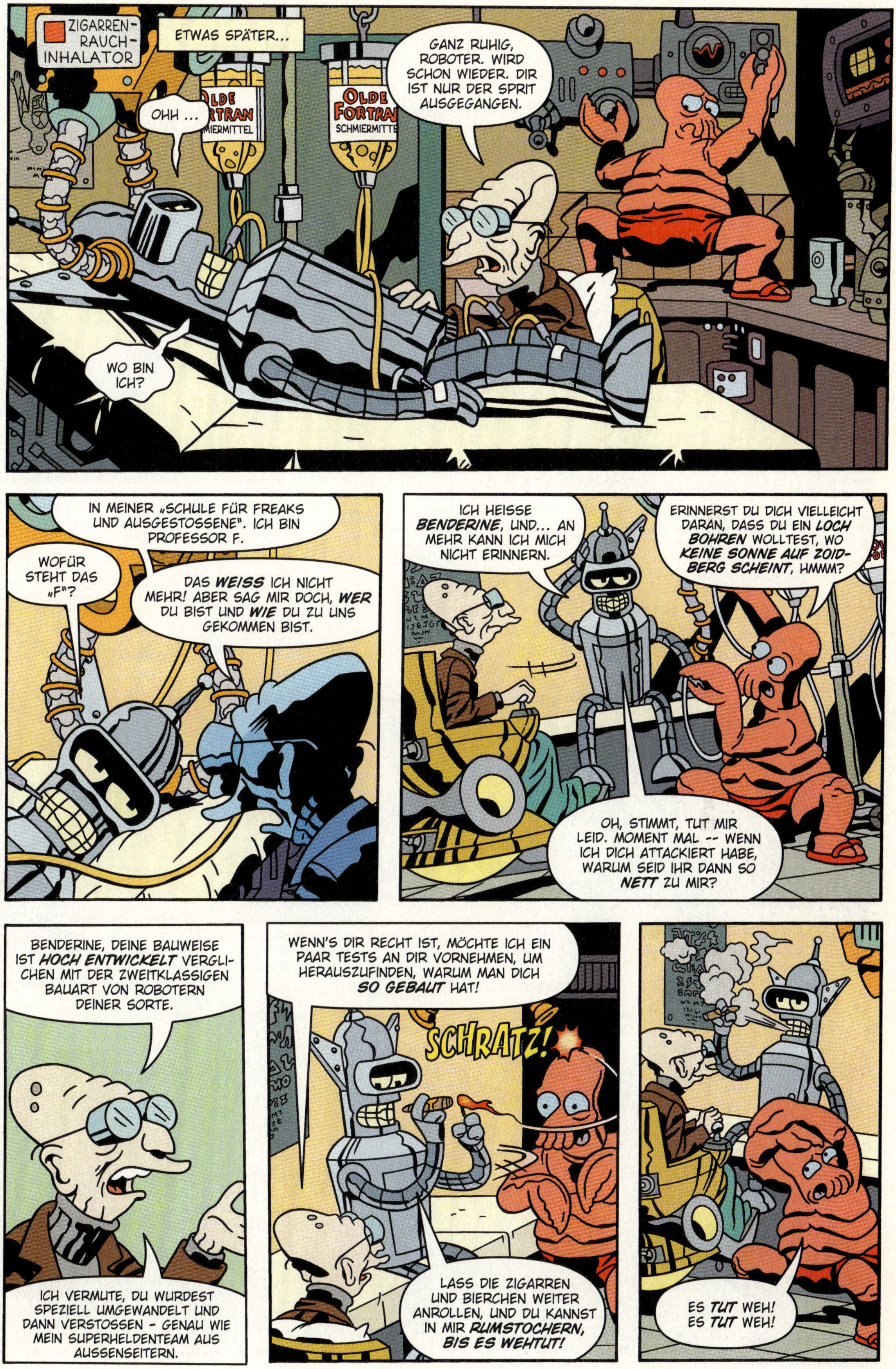
ZIGARREN-RAUCH-INHALATOR
ETWAS SPÄTER...
OHH ...
OLDE FORTRAN SCHMIERMITTEL
GANZ RUHIG, ROBOTER. WIRD SCHON WIEDER. DIR IST NUR DER SPRIT AUSGEGANGEN.
WO BIN ICH?
IN MEINER „SCHULE FÜR FREAKS UND AUSGESTOSSENE". ICH BIN PROFESSOR F.
WOFÜR STEHT DAS „F"?
DAS WEISS ICH NICHT MEHR! ABER SAG MIR DOCH, WER DU BIST UND WIE DU ZU UNS GEKOMMEN BIST.
ICH HEISSE BENDERINE, UND... AN MEHR KANN ICH MICH NICHT ERINNERN.
ERINNERST DU DICH VIELLEICHT DARAN, DASS DU EIN LOCH BOHREN WOLLTEST, WO KEINE SONNE AUF ZOIDBERG SCHEINT, HMMM?
OH, STIMMT, TUT MIR LEID. MOMENT MAL -- WENN ICH DICH ATTACKIERT HABE, WARUM SEID IHR DANN SO NETT ZU MIR?
BENDERINE, DEINE BAUWEISE IST HOCH ENTWICKELT VERGLICHEN MIT DER ZWEITKLASSIGEN BAUART VON ROBOTERN DEINER SORTE.
ICH VERMUTE, DU WURDEST SPEZIELL UMGEWANDELT UND DANN VERSTOSSEN - GENAU WIE MEIN SUPERHELDENTEAM AUS AUSSENSEITERN.
WENN'S DIR RECHT IST, MÖCHTE ICH EIN PAAR TESTS AN DIR VORNEHMEN, UM HERAUSZUFINDEN, WARUM MAN DICH SO GEBAUT HAT!
SCHRATZ!
LASS DIE ZIGARREN UND BIERCHEN WEITER ANROLLEN, UND DU KANNST IN MIR RUMSTOCHERN, BIS ES WEHTUT!
ES TUT WEH! ES TUT WEH!

ICH BIETE DEN SO GENANNTEN FREAKS DER WELT EIN ZUHAUSE, UM IHRE TALENTE ZUM WOHLE DES UNIVERSUMS ZU TRAINIEREN. DANN VERPASSE ICH IHNEN EINGÄNGIGE SPITZNAMEN.
LEELAS SPITZNAME IST ZUM BEISPIEL „UNICLOPS", WEGEN IHRES LASER-AUGES.
NA, WER HÄTTE DAS GEDACHT.
DARF ICH EUCH BENDERINE VORSTELLEN?
HEY, BENDERINE.
HALLO.
SO, DAS WAR'S. JETZT HAT JEDES STÜCK MEINER UNTERWÄSCHE EIN MONOGRAMM. DAS WIRD DIE ALTE SCHNEPFE AUS 3-B LEHREN, WEM IN DER WASCHKÜCHE WELCHE HÖSCHEN GEHÖREN!
SCHHHOOOON!
KANNST DU MIR BEI DIESER MATHE-AUFGABE HELFEN, LEELA?
KEIN PROB -- HEY!
AH, DREI IM SINN UND DANN DURCH SECHS TEILEN! DANKE, LEELA!
IIH. ICH HAB NICHT NUR DIE ANTWORT GEKRIEGT, ICH FÜHLE MICH AUCH NOCH EINSAM UND VERZWEIFELT!
DAS IST AMY. IHRE FÄHIGKEIT IST ES, DAS WISSEN, DIE GEFÜHLE UND KRÄFTE EINES JEDEN WESENS ZU ABSORBIEREN! ABER WEN SIE ZU LANGE BERÜHRT, DEM SAUGT SIE JEDE LEBENSKRAFT AB!
ICH WOLLTE SIE „DIE EHEFRAU" NENNEN, ABER DAS KLANG NICHT HEROISCH GENUG. WIR HABEN UNS DANN AUF „ROUGE" GEEINIGT, WEGEN IHRES FLITTCHENHAFTEN AUSSEHENS!
DR. ZOIDBERG KENNST DU JA SCHON. IHN NENNEN WIR GRAUSAMERWEISE „LOBSTROSITÄT". EIN ZIEMLICHES BIEST, WAS?
KA-WUMM!
WUNDERT MICH, DASS ER NICHT IN EINEM ZOO EINGESPERRT IST.
ICH BIN KEIN TIER!

UND DAS IST HERMES ALIAS DER „WETTERFROSCH“, DESSEN BESONDERE GABE GANZ OFFENSICHTLICH DIE MACHT IST, WETTER ZU ERZEUGEN UND ZU KONTROLLIEREN!
IST ES SCHWÜL HIER DRIN, ODER BIN DAS NUR ICH? HA HA!
DER KOMMT DOCH IMMER WIEDER GUT!
UND GETROST ZU VERGESSEN: FRY. ER IST MEIN LANGE VERSCHOLLEN GEWESENER ONKEL AUS DEM JAHR 1999. ER HAT WIE ICH HELLSEHERISCHE FÄHIGKEITEN, WENN AUCH SCHWÄCHER UND SEHR VIEL DEBILER AUSGEPRÄGT! WIR NENNEN IHN „WUNDER BOY“, WEIL ES EIN WUNDER IST, DASS ER BISHER JEDEN UNSERER KÄMPFE ÜBERLEBT HAT!
BLÖDE TELEKINESE-KRÄFTE! ICH KANN NICHT MAL DIESEN PORNO-KANAL DECODIEREN!
ICH BIN BENDERINE. ICH MAG DEINEN MANGEL AN STIL.
WENN DU DAS SCHON COOL FINDEST, WARTE ERST MAL, BIS DU SIEHST, WIE VIEL SPASS ES MACHEN KANN, VERKEHRSAMPELN ZU MANIPULIEREN!
MOMENT. WENN FRY AUS DER VERGANGENHEIT KOMMT, WIE KONNTE ER DANN DEINE FÄHIGKEITEN ERHALTEN? MÜSSTEST DU SIE NICHT VON IHM GEERBT HABEN?
NICHT DOCH! JEDER HIER IST EIN PRODUKT MEINER FEHLGESCHLAGENEN EXPERIMENTE. ZU VIEL LASERSTRAHLUNG HIER, EIN BISSCHEN ZU VIEL ELEKTROMAGNETISCHE SCHWINGUNG DORT, UND, VOILÀ!, HAT MAN EIN TEAM VERBRECHENSBEKÄMPFENDER MUTANTEN!
DARUM FINDE ICH DICH SO FASZINIEREND. DU BIST MEINES WISSENS DER ERSTE ROBOTER VON SOLCH UNBEZWINGBARER BAUART. DIESE KLAUEN WURDEN NICHT ZUM KARTOFFELSCHNIPPELN INSTALLIERT!
DU WURDEST FÜR ETWAS BESONDERES GESCHAFFEN. LASS UNS INS LABOR GEHEN, UM DEINE MUTTERN UND BOLZEN AUF HERZ UND NIEREN ZU PRÜFEN!
KEINE SORGE, BENDERINE. ER WILL NUR EIN PAAR TESTS MIT DIR MACHEN. ES GIBT KAUM NEBENWIRKUNGEN. SIEHT MAN VON DEN VERBRANNTEN LIPPEN, DEM HERZRASEN UND DEN SCHIZOPHRENEN PANIKANFÄLLEN AB, HAB' ICH NOCH NIE SO LEICHT 30 MÄUSE VERDIENT!

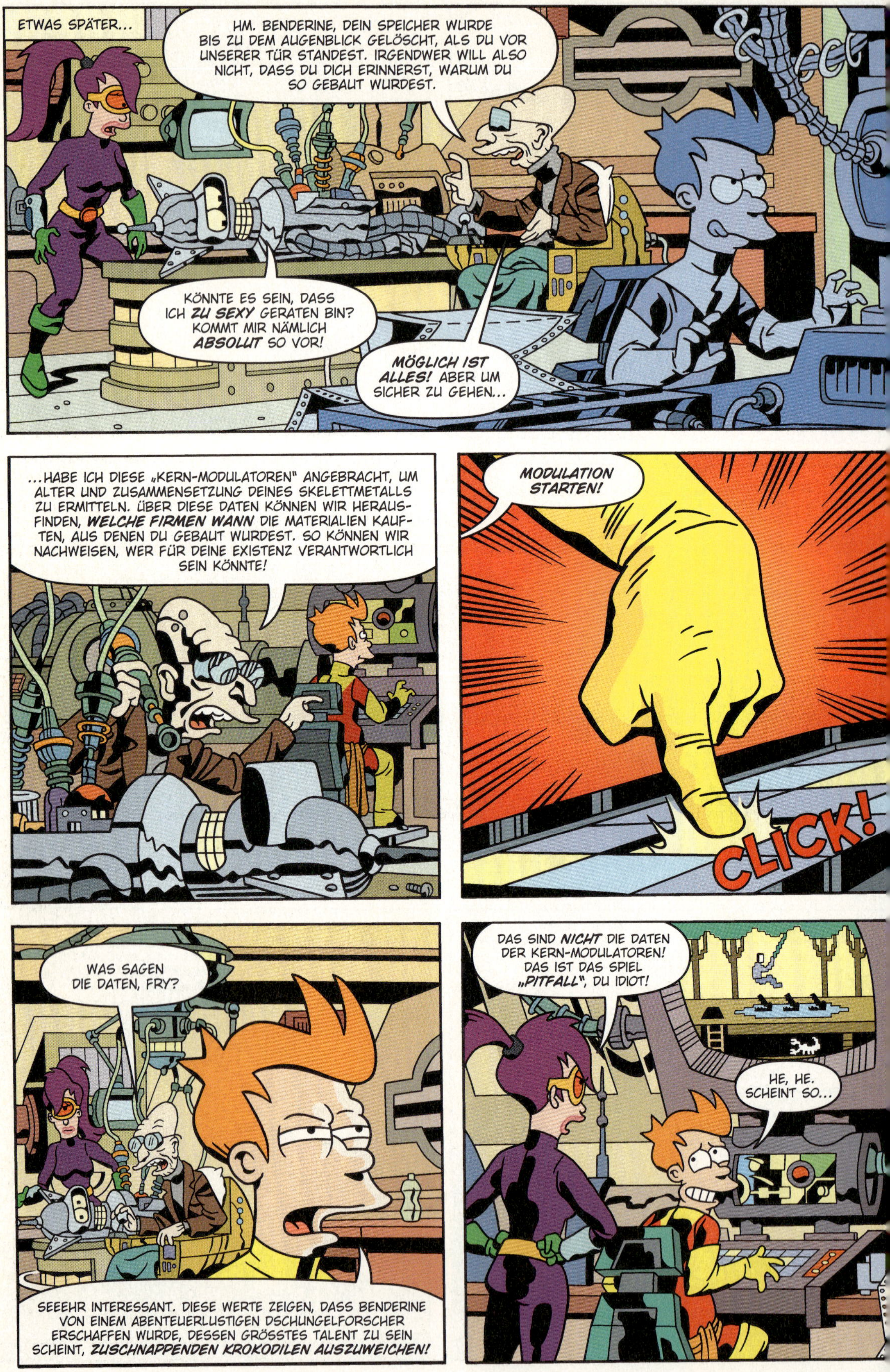
ETWAS SPÄTER...
HM. BENDERINE, DEIN SPEICHER WURDE BIS ZU DEM AUGENBLICK GELÖSCHT, ALS DU VOR UNSERER TÜR STANDEST. IRGENDWER WILL ALSO NICHT, DASS DU DICH ERINNERST, WARUM DU SO GEBAUT WURDEST.
KÖNNTE ES SEIN, DASS ICH **ZU SEXY** GERATEN BIN? KOMMT MIR NÄMLICH **ABSOLUT** SO VOR!
MÖGLICH IST ALLES! ABER UM SICHER ZU GEHEN...
...HABE ICH DIESE „KERN-MODULATOREN" ANGEBRACHT, UM ALTER UND ZUSAMMENSETZUNG DEINES SKELETTMETALLS ZU ERMITTELN. ÜBER DIESE DATEN KÖNNEN WIR HERAUSFINDEN, **WELCHE FIRMEN WANN** DIE MATERIALIEN KAUFTEN, AUS DENEN DU GEBAUT WURDEST. SO KÖNNEN WIR NACHWEISEN, WER FÜR DEINE EXISTENZ VERANTWORTLICH SEIN KÖNNTE!
MODULATION STARTEN!
CLICK!
WAS SAGEN DIE DATEN, FRY?
SEEEHR INTERESSANT. DIESE WERTE ZEIGEN, DASS BENDERINE VON EINEM ABENTEUERLUSTIGEN DSCHUNGELFORSCHER ERSCHAFFEN WURDE, DESSEN GRÖSSTES TALENT ZU SEIN SCHEINT, **ZUSCHNAPPENDEN KROKODILEN AUSZUWEICHEN!**
DAS SIND **NICHT** DIE DATEN DER KERN-MODULATOREN! DAS IST DAS SPIEL **„PITFALL"**, DU IDIOT!
HE, HE. SCHEINT SO...

HIER, PROFESSOR. EINE LISTE ALLER ELEMENTE, AUS DENEN BENDERINES TITANOSTAHLORIUM BESTEHT, DAS ALTER DES MATERIALS UND DIE BELEGE, WER DIESE MATERIALIEN IN DEN LETZTEN 5 JAHREN EN GROS GEKAUFT HAT.
CLICK! CLICK! CLICK!
DAS SOLLTE UNS WEITERBRINGEN!
WWWNNNZZ! WWWNNNZZ!
GADZUUKS! GENAU, WIE ICH BEFÜRCHTET HABE!
DU WURDEST VON MOMNETOCORP GEBAUT, DER FIRMA UNSERES ERZFEINDES MOMNETO!
MOMNETO? WAS IST DAS?
Titanium
Stahl
Sekundenkleber
Gebrauchtes Crackpfeifenglas
Altes Karamell
Kaubonbons
Erdnusskrümel
Versteinerte Baguette-Fossilien
Zähne
Gekauft von: MOMNETOCORP
EIN WEITERES OPFER MEINER FEHLGESCHLAGENEN EXPERIMENTE! SIE KAM ZU MIR, UM SICH DAS HÜFTFETT ABSAUGEN ZU LASSEN, STATTDESSEN ERHIELT SIE ABER DIE GABE, METALL MITTELS ELEKTROMAGNETISCHER WELLEN ZU KONTROLLIEREN!
MOMENT! DAS HEISST, SIE KÖNNTE BENDERINE GESCHICKT HABEN, UM UNS ZU VERNICHTEN! NA GUT, VERSUCH'S NUR, BLADEY MCCUTTINGTON! DURCH MEINE TELEKINETISCHE KRAFTBLASE KOMMST DU NIE!
ICH BIN NICHT HIER, UM EUCH WAS ZU TUN, BUB. ICH WEISS NICHT, WIESO ICH HIER BIN, ABER ICH WEISS, WAS FREUNDLICHKEIT IST UND DASS IHR ALLE VIEL ZU NETT ZU MIR GEWESEN SEID.
SCHNOK!
POP!

DANKE FÜR ALLES, LEUTE. WENN IHR MAL JEMANDEN ZUM *HECKENTRIMMEN* ODER *GEMÜSESCHNEIDEN* BRAUCHT, WISST IHR JA, WEN IHR ANRUFEN KÖNNT.
DIE GHOSTBUSTERS?
BENDERINE! GEH NICHT!
WIR WISSEN NICHT MIT *SICHERHEIT*, DASS MOMNETO DICH HERGESCHICKT HAT! DIES IST EIN HORT FÜR DIE VERSTOSSENEN DER GESELLSCHAFT, UND *DU*, MEIN ROBOTISCHER KAMERAD, KÖNNTEST EIN *GANZ BESONDERS VERSTOSSENER* SEIN!
BLEIB. ICH BRINGE DIR BEI, MIT DEINEN KLAUEN FÜR *WAHRHEIT*, *GERECHTIGKEIT* UND *EINEN VERRÜCKTEN WISSENSCHAFTLER* ZU KÄMPFEN.
ICH WEISS NICHT. LEELA SCHEINT NICHT ANGETAN VON DER IDEE. ICH WILL KEINEN ÄRGER MACHEN.
WENN DU VON MOMNETO GEBAUT WURDEST, BIST DU BÖSE, UND BIS MIR JEMAND DAS *GEGENTEIL* BEWEIST, WERDE ICH --
DANN SIND WIR UNS EINIG! *BENDERINE BLEIBT! HOSSA!*
WIR FANGEN AM BESTEN GLEICH MIT DEINEM TRAINING AN, BENDERINE! ZUM *LABOR!*
WAS IST EIGENTLICH MIT *LASER-LUSCHE* LOS? HAT DIE WAS *IN DEN ARSCH GEKNIFFEN* ODER SO?
ABER NICHT DOCH! ICH HAB DAS *WELTRAUMWESPENNEST* BEREITS VORIGE WOCHE AUS IHREM BIDET ENTFERNT! WIESO FRAGST DU?

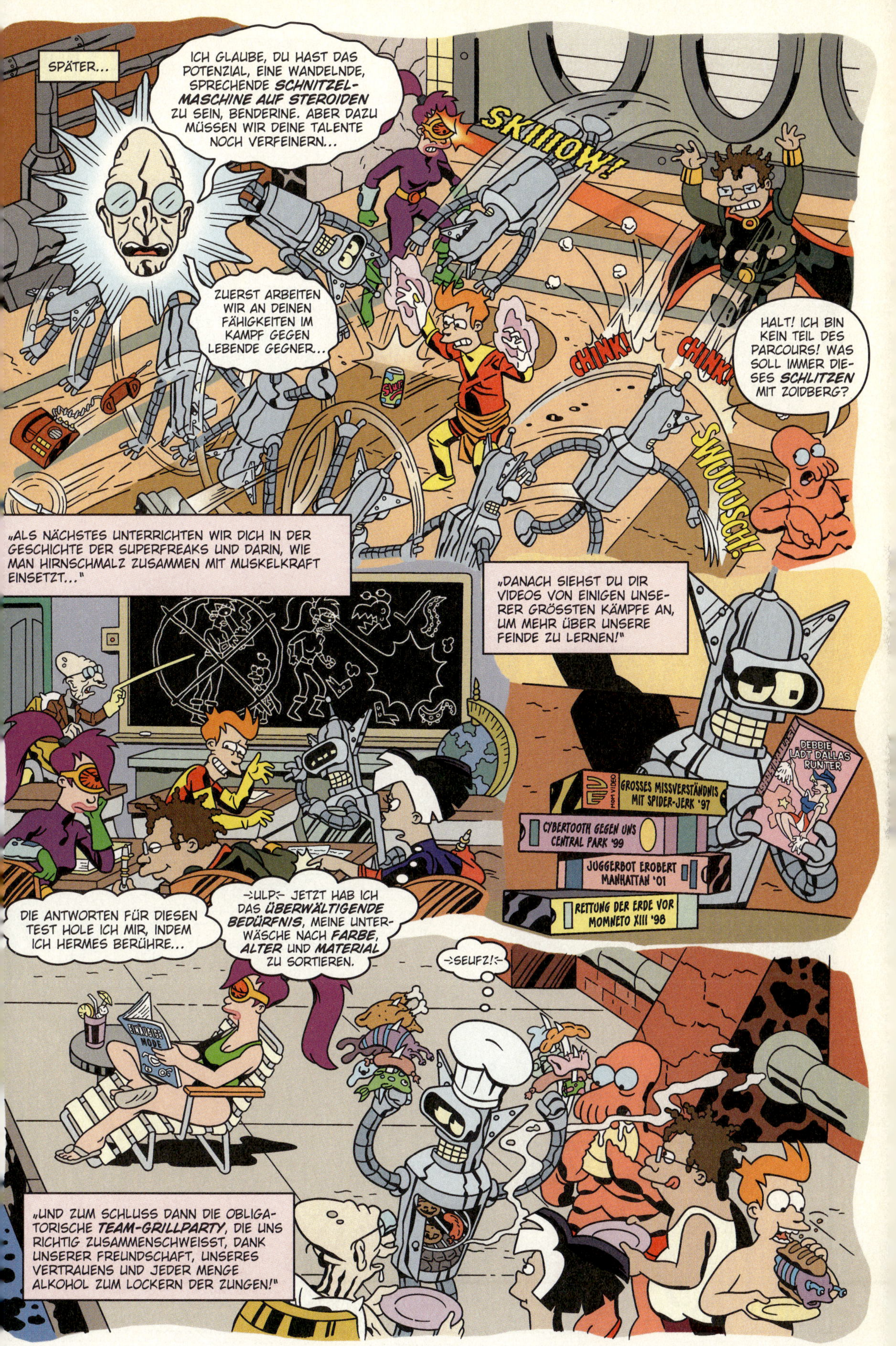
SPÄTER...
ICH GLAUBE, DU HAST DAS POTENZIAL, EINE WANDELNDE, SPRECHENDE SCHNITZEL-MASCHINE AUF STEROIDEN ZU SEIN, BENDERINE. ABER DAZU MÜSSEN WIR DEINE TALENTE NOCH VERFEINERN...
SKIIIOW!
ZUERST ARBEITEN WIR AN DEINEN FÄHIGKEITEN IM KAMPF GEGEN LEBENDE GEGNER...
CHINK!
CHINK!
HALT! ICH BIN KEIN TEIL DES PARCOURS! WAS SOLL IMMER DIESES SCHLITZEN MIT ZOIDBERG?
SWUUUSCH!
„ALS NÄCHSTES UNTERRICHTEN WIR DICH IN DER GESCHICHTE DER SUPERFREAKS UND DARIN, WIE MAN HIRNSCHMALZ ZUSAMMEN MIT MUSKELKRAFT EINSETZT..."
„DANACH SIEHST DU DIR VIDEOS VON EINIGEN UNSERER GRÖSSTEN KÄMPFE AN, UM MEHR ÜBER UNSERE FEINDE ZU LERNEN!"
GROSSES MISSVERSTÄNDNIS MIT SPIDER-JERK '97
CYBERTOOTH GEGEN UNS CENTRAL PARK '99
JUGGERBOT EROBERT MANHATTAN '01
RETTUNG DER ERDE VOR MOMNETO XIII '98
DEBBIE LÄDT DALLAS RUNTER
DIE ANTWORTEN FÜR DIESEN TEST HOLE ICH MIR, INDEM ICH HERMES BERÜHRE...
-ULP- JETZT HAB ICH DAS ÜBERWÄLTIGENDE BEDÜRFNIS, MEINE UNTERWÄSCHE NACH FARBE, ALTER UND MATERIAL ZU SORTIEREN.
-SEUFZ!-
„UND ZUM SCHLUSS DANN DIE OBLIGATORISCHE TEAM-GRILLPARTY, DIE UNS RICHTIG ZUSAMMENSCHWEISST, DANK UNSERER FREUNDSCHAFT, UNSERES VERTRAUENS UND JEDER MENGE ALKOHOL ZUM LOCKERN DER ZUNGEN!"

EINIGE TAGE SPÄTER...
ES WAR WIEDER MAL EIN GROSSARTIGES KAMPFTRAINING, BENDERINE!
MÄNNER-UMKLEIDE UND KÄSE-FERMENTIERUNGS-KAMMERN
WIE DU MIR AM ENDE DEINE KLINGEN FAST ZWISCHEN DIE AUGEN GERAMMT HAST, DAS WAR KUNST, MANN!
ES BRACHTE MICH ZUM LACHEN, ZUM WEINEN -- UND ZUM WEGRENNEN!
TJA, ICH SCHÄTZE, ICH HAB DEN DREH MIT DIESEN KLINGEN ALLMÄHLICH RAUS.
BALD WERDE ICH MICH WOHL NICHT MEHR BEHERRSCHEN KÖNNEN, WENN ICH DAS VERLANGEN HABE, EUCH IN STÜCKE ZU SCHNEIDEN!
HOFFEN WIR DAS BESTE!
KOMMT, X-PRESS MEN! SAUBERKEIT RANGIERT GLEICH HINTER HALBGÖTTLICHKEIT! AB ZUM DUSCHEN!
HEY! WO HAST DU DIESES HEISSE TATTOO HER?
DAS? DAS VERPASST LEELA JEDEM NEUEN TEAMMITGLIED MIT IHREM LASERAUGE.
MUSS SCHÖN SEIN, TEIL VON ETWAS ZU SEIN. ICH HOFFE, ICH KRIEGE MEINS AUCH EINES TAGES.
HEY, BENDERINE, ICH HOFFE, DIE FRAGE MACHT DIR NICHTS AUS, ABER WENN DU EIN ROBOTER BIST, WARUM MUSST DU DANN MIT UNS DUSCHEN?
WO SONST KÖNNTE ICH DIESE COOLE SEIFE-AM-BAND BENUTZEN?
SCHLOMP!
DAS IST ALSO GAR KEIN DUSCH-APERITIF-AM-BAND? ES SCHMECKT ABER DOCH SO SAUBER UND ERFRISCHEND!

ETWAS SPÄTER...
US, AND THEM AND AFTER ALL WE'RE ONLY ORDINARY MEN. ME, AND YOU. GOD ONLY KNOWS IT'S NOT WHAT WE WOULD CHOOSE TO DO...
ACH, WENN ICH MIT MEINEM LASERAUGE NUR EINE ART LASER-LIGHTSHOW ZU DIESER MUSIK FABRIZIEREN KÖNNTE. ICH WETTE, AUF DIE IDEE IST NOCH KEINER GEKOMMEN!
ÄH, LEELA?
AHH! SCHLEICH DICH NICHT SO AN MICH RAN!
SORRY. ICH WOLLTE NUR KURZ MIT DIR REDEN.
UND? WAS GIBT'S? ICH BIN GERADE ZIEMLICH BESCHÄFTIGT.
ICH WOLLTE DIR NUR SAGEN: WENN DER PROFESSOR MICH BITTET, DEM TEAM BEIZUTRETEN, DANN WERDE ICH MIR DAS „X"-TATTOO VERDIENEN. ICH WERDE BEWEISEN, DASS ICH HIERHER GEHÖRE.
ICH KANN MICH ZWAR NICHT DRAN ERINNERN, WAS WAR, BEVOR ICH HERKAM, ABER ICH HABE ZUM ERSTEN MAL DAS GEFÜHL, ALS WÜRDE ICH DAZUGEHÖREN. DASS ES EINEN GRUND GIBT, WARUM ICH EXISTIERE.
DAS WAR ALLES, WAS ICH SAGEN WOLLTE. VERZEIH DIE STÖRUNG.
WART MAL, BENDERINE. DA IST WAS, DAS DU SEHEN SOLLTEST, UND ES KANN NICHT LÄNGER WARTEN.
EIN PAAR MINUTEN SPÄTER...
DAS WOLLTEN WIR DIR HEUTE BEIM ABENDESSEN GEBEN, ABER ICH GLAUBE, WIR SOLLTEN NICHT LÄNGER WARTEN. DU HAST ES VERDIENT.
ES... IST SO SCHÖN.
KEINE BANGE. DIE KOSTEN WERDEN DIR VOM LOHN ABGEZOGEN, WIE BEI DEN ANDEREN AUCH. DENN JETZT IST ES OFFIZIELL...
...DU GEHÖRST ZUM TEAM! GERADE RECHTZEITIG, UM DICH MORGEN ABEND DER ÖFFENTLICHKEIT VORZUSTELLEN!
DANN KANN DIE GANZE STADT EUCH SEHEN -- MEINE NEUE LEGION DER ERSTAUNLICHEN...

...PLANET X-PRESS MEN!
KOMM, LEGT EUCH MIT UNS AN ... WIR SIND BEREIT!
WILLKOMMEN BEI DEN PLANET X-PRESS MEN, BENDERINE... HOFFE, DU ÜBERLEBST DIE ERFAHRUNG!
DANKE! ÄHM, WIESO RENNEN WIR EIGENTLICH SO?
DEHNBARER STOFF IN SCHRILLEN FARBEN IST IM AUSVERKAUF!
WHITE MEAT
Tuna Safe!

AM NÄCHSTEN TAG FÜHRT BÜRGERMEISTER POOPENMEYER DURCH EINE GANZ BESONDERE ZEREMONIE...
HEUTE EHREN WIR DIE PLANET X-PRESS MEN FÜR IHREN MUT, IHRE TAPFERKEIT UND IHREN MANGEL AN VERSTAND IM ANGESICHT DRÄUENDEN TODES. WO NORMALSTERBLICHE REISSAUS NÄHMEN, KÄMPFEN DIESE IRREN BIS ZUM BITTEREN ENDE.
OBWOHL... WENN ICH WIE LOBSTROSITÄT AUSSÄHE, WÜRDE ICH JEDEN TAG AUF DAS BITTERE ENDE HOFFEN.
OHHHH.
TREFFER!
ER IST ABSCHEULICH!
HA HA!
ICH ÜBERREICHE IHNEN DIESE PLAKETTE, AUF DER IRGENDWAS ÜBER GUTE TATEN UND DINGSBUMS STEHT, SOWIE DIESEN SCHLÜSSEL FÜR NEU-NEW YORK, ENTWORFEN UND GEFERTIGT VON DR. OGDEN WERNSTROM.
WERNSTROM!
YEAH!
PLANET X-PRESS MEN, WIR EHREN EUCH!
JUU-HUU!
EIN HOCH AUF DIE IRREN!
DANKE, LIEBE NEU-NEW YORKER. ICH NEHME DIESE AUSZEICHNUNG IM NAMEN MEINES TEAMS ENTGEGEN UND MÖCHTE DIE GELEGENHEIT NUTZEN, IHNEN UNSER NEUESTES MITGLIED VORZUSTELLEN...
OHH. MIR GEHT'S NICHT GUT... MEINE HEMMUNGSKONTROLLE HAT EINE FEHLFUNKTION... OJE ...
SHLINK!
SHLINK!
...BENDERINE!
MICHAEL, ROW THE BOAT ASHORE, HALL-E-LOOOOO-JAH! ...
NEIN! NICHT TÖTEN! ICH MACHE DICH AUCH ZUM STADTRAT!

ICH SAGTE DOCH, DASS ES FALSCH WAR, IHM ZU TRAUEN! ER STAMMT VON MOMNETO!
MOMNETO? NATÜRLICH! JETZT ERGIBT ALLES SINN! DIE FEHLFUNKTION DER HEMMUNGSKONTROLLE...
BENDERINES UNVERMÖGEN, SEIN TUN ZU KONTROLLIEREN, WEIL ER AUS METALL IST...
DIE STATISCHE AUFLADUNG MEINER HAARE -- STÄRKER ALS EIN FUNKGERÄT IN EINEM TROCKNER VOLLER SOCKEN MITTEN IN DER WÜSTE! DAS KANN NUR AN EINEM MENSCHEN LIEGEN ...
MACHT PLATZ FÜR DIE MUTTER ALLEN ÜBELS...
GUT ZU WISSEN, DASS ICH IMMER NOCH ANZIEHEND WIRKE!
MOMNETO!? HIER GIBT ES NICHTS, WORAUF DU AUS SEIN KÖNNTEST!
IRRTUM, DU VERTROCKNETE ALTE STUHLPROBE!
DAS IST DIE PERFEKTE GELEGENHEIT, DER WELT ZU ZEIGEN, WIE GEFÄHRLICH DU UND DEINE X-ZEME SIND -- MIT DER HILFE MEINES FREUNDES BENDERINE!
DU STECKST ALSO WIRKLICH HINTER BENDERINES UNTERWANDERUNG UNSERER GRUPPE!
DU MERKST AUCH ALLES, SCHÄTZCHEN. UND VOR ALL DEN TV-TEAMS HIER WIRD ES EUCH SCHWER FALLEN, DIE WELT ZU ÜBERZEUGEN, DASS IHR NICHT FÜR DIESELBEN BÖSEN ZIELE STEHT WIE ICH!

NICHT WENN WIR DICH WIE ÜBLICH IN DEN ARSCH TRETEN! FERTIG, X-PRESS MEN?
KOMM NUR RAN!
DIE ZEICHEN STEHEN AUF STURM!
UND JE SCHNELLER WIR FERTIG SIND, DESTO EHER KÖNNEN WIR UNSEREN SIEG BEI EINEM NETTEN ABENDESSEN FEIERN!
ZUM ANGRIFF, X-PRESS MEN!
SPLIIOW!
OH, GEBEN IST SELIGER DENN NEHMEN...
...ALSO GEBE ICH, BIS ES WEHTUT!
BII-OOONN!
UGGGH!
UND FALLS DIR DAS NOCH NICHT DAS AUGE ÖFFNET...
KING AVENUE
SCHONK!
WAS ZUM -- ?
KING

IHR ZWEI SEID SCHÖN BRAV UND HALTET DIE FÜSSE STILL ...
BJÄGH! ICH ABSORBIERE LOBSTROSITÄTS KRÄFTE! DU MEINE GÜTE, BIN ICH AM VERHUNGERN!
DAS IST NICHT EINFACH NUR 'NE MASCHE, LEUTE.
VIELLEICHT MAGST DU MAL KOSTEN, WAS DU SO AUSTEILST, FRAU?
DIE HELLSTE LEUCHTE BIST DU GERADE NICHT!
AHH! SIE MACHT UNS NICHT NUR FERTIG, IHRE WORTSPIELE SIND AUCH NOCH SO TREFFEND!
ACH JA? NOCH SIND WIR NICHT GESCHLAGEN!
OH, JETZT DARF ICH MICH MIT DEM ROTHAARIGEN STIEFKIND DER BANDE HERUMPLAGEN ...
SWUUSCH! SWUUSCH!
SWUUSCH!
SPLLSSCHH!
GLAGH! GLUGH!

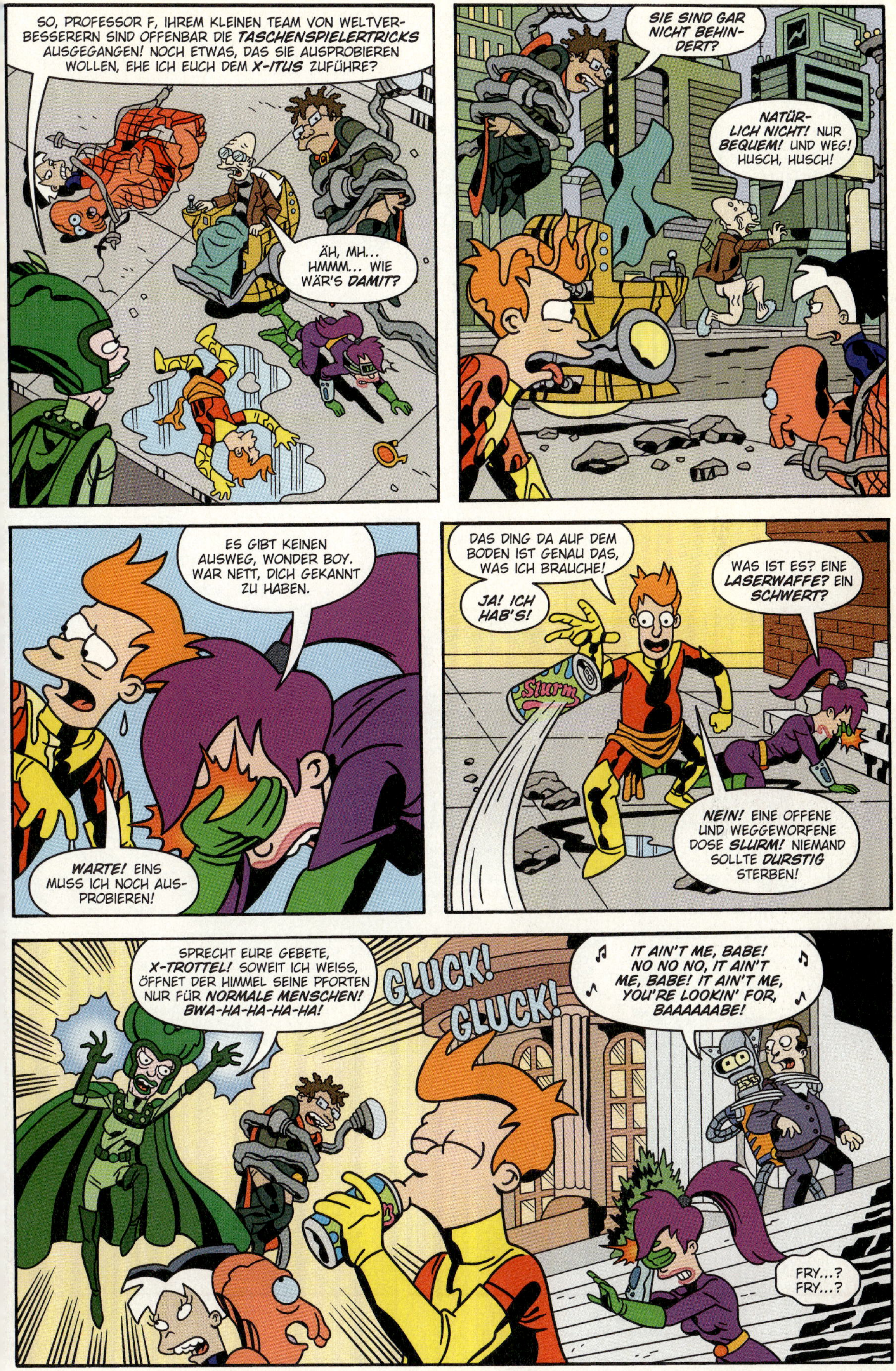

SO, PROFESSOR F, IHREM KLEINEN TEAM VON WELTVERBESSERERN SIND OFFENBAR DIE TASCHENSPIELERTRICKS AUSGEGANGEN! NOCH ETWAS, DAS SIE AUSPROBIEREN WOLLEN, EHE ICH EUCH DEM X-ITUS ZUFÜHRE?
ÄH, MH... HMMM... WIE WÄR'S DAMIT?
SIE SIND GAR NICHT BEHINDERT?
NATÜRLICH NICHT! NUR BEQUEM! UND WEG! HUSCH, HUSCH!
ES GIBT KEINEN AUSWEG, WONDER BOY. WAR NETT, DICH GEKANNT ZU HABEN.
WARTE! EINS MUSS ICH NOCH AUSPROBIEREN!
DAS DING DA AUF DEM BODEN IST GENAU DAS, WAS ICH BRAUCHE!
JA! ICH HAB'S!
Slurm
WAS IST ES? EINE LASERWAFFE? EIN SCHWERT?
NEIN! EINE OFFENE UND WEGGEWORFENE DOSE SLURM! NIEMAND SOLLTE DURSTIG STERBEN!
SPRECHT EURE GEBETE, X-TROTTEL! SOWEIT ICH WEISS, ÖFFNET DER HIMMEL SEINE PFORTEN NUR FÜR NORMALE MENSCHEN! BWA-HA-HA-HA-HA!
GLUCK! GLUCK!
IT AIN'T ME, BABE! NO NO NO, IT AIN'T ME, BABE! IT AIN'T ME, YOU'RE LOOKIN' FOR, BAAAAAABE!
FRY...? FRY...?

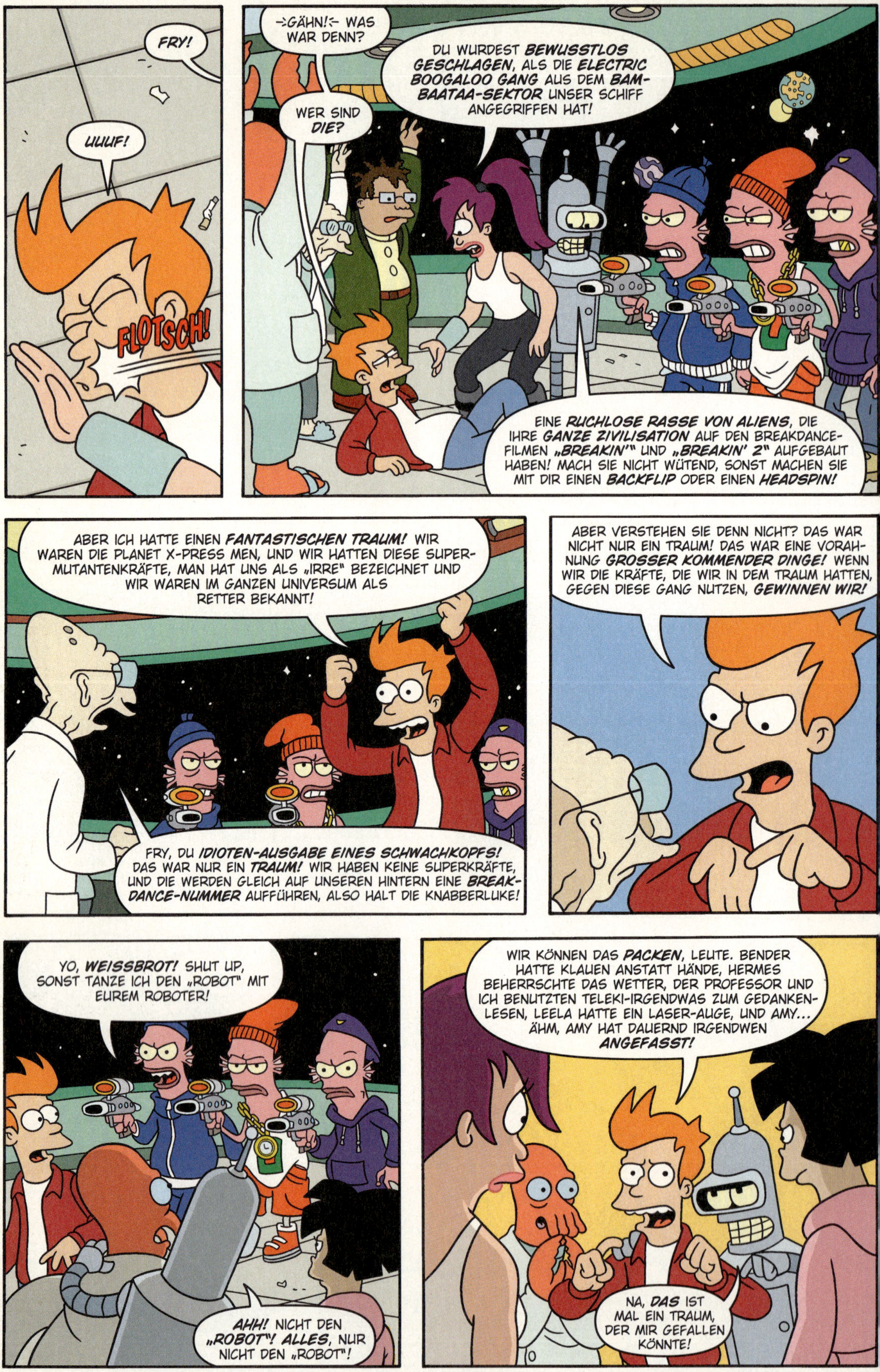
FRY!
UUUF!
FLOTSCH!
-GÄHN!- WAS WAR DENN?
WER SIND DIE?
DU WURDEST BEWUSSTLOS GESCHLAGEN, ALS DIE ELECTRIC BOOGALOO GANG AUS DEM BAMBAATAA-SEKTOR UNSER SCHIFF ANGEGRIFFEN HAT!
EINE RUCHLOSE RASSE VON ALIENS, DIE IHRE GANZE ZIVILISATION AUF DEN BREAKDANCE-FILMEN „BREAKIN'“ UND „BREAKIN' 2“ AUFGEBAUT HABEN! MACH SIE NICHT WÜTEND, SONST MACHEN SIE MIT DIR EINEN BACKFLIP ODER EINEN HEADSPIN!
ABER ICH HATTE EINEN FANTASTISCHEN TRAUM! WIR WAREN DIE PLANET X-PRESS MEN, UND WIR HATTEN DIESE SUPER-MUTANTENKRÄFTE, MAN HAT UNS ALS „IRRE“ BEZEICHNET UND WIR WAREN IM GANZEN UNIVERSUM ALS RETTER BEKANNT!
FRY, DU IDIOTEN-AUSGABE EINES SCHWACHKOPFS! DAS WAR NUR EIN TRAUM! WIR HABEN KEINE SUPERKRÄFTE, UND DIE WERDEN GLEICH AUF UNSEREN HINTERN EINE BREAK-DANCE-NUMMER AUFFÜHREN, ALSO HALT DIE KNABBERLUKE!
ABER VERSTEHEN SIE DENN NICHT? DAS WAR NICHT NUR EIN TRAUM! DAS WAR EINE VORAHNUNG GROSSER KOMMENDER DINGE! WENN WIR DIE KRÄFTE, DIE WIR IN DEM TRAUM HATTEN, GEGEN DIESE GANG NUTZEN, GEWINNEN WIR!
YO, WEISSBROT! SHUT UP, SONST TANZE ICH DEN „ROBOT“ MIT EUREM ROBOTER!
AHH! NICHT DEN „ROBOT“! ALLES, NUR NICHT DEN „ROBOT“!
WIR KÖNNEN DAS PACKEN, LEUTE. BENDER HATTE KLAUEN ANSTATT HÄNDE, HERMES BEHERRSCHTE DAS WETTER, DER PROFESSOR UND ICH BENUTZTEN TELEKI-IRGENDWAS ZUM GEDANKEN-LESEN, LEELA HATTE EIN LASER-AUGE, UND AMY... ÄHM, AMY HAT DAUERND IRGENDWEN ANGEFASST!
NA, DAS IST MAL EIN TRAUM, DER MIR GEFALLEN KÖNNTE!

WENN'S SEIN MUSS, BEKÄMPFE ICH SIE ALLEIN! KOMMT ZU MIR, KRÄFTE DES GEISTES!
YO, MANN, HAKT'S BEI DEM IDIOTEN, ODER WAS?
ICH LEG GLEICH 'N SPIN AUF SEINER PLATTE HIN, G!
ZIEH KEINE SHOW AB VOR DER ELECTRIC BOOGALOO POSSE!
UUUF! AUTSCH! UGGH!
BAM!
KRACH!
HEY! HERMES' WINDKRAFT ... SIE FUNKTIONIERT!
FLOMP!
DRUCK-LUKE
JA, FRY, „SIE" FUNKTIONIERT PRIMA!
ZEIT, MIT DIR DEN „TAUSENDFÜSSLER" ZU MACHEN, HIRNI! WAS ZUM -- ?
TSCHACK!
EINE BEWEGUNG UND DU BIST LASER-TOAST, „G".

FLOSSEN WEG VON DER KNARRE, SNOOP!
ICH UND MEIN ARMEE-MESSER BASTELN DIR GERNE EINE WEITERE KÖRPERÖFFNUNG, ALTER!
UND LAST, BUT NOT LEAST ...
ZOIDBERG! SCHNAPP!
LOS, ZOIDBERG, LOS!
WAS FÜR EIN TIER!
ESSENSRESTE! -SCHLOMPGLUMPF!- -SLLRPGLUUM!-
AIIIEE!
ICH WILL WIEDER IN DIE HOOD!
DAS KOMMT GAR NICHT MEHR FETT!

SPÄTER...
GESCHAFFT, FRY. WIR HABEN DIE GANG GENAU SO BESIEGT, WIE DU GEDACHT HAST.
JA. ABER ES STINKT MIR IMMER NOCH, DASS ICH KEINE ECHTEN SUPERKRÄFTE HAB. ICH KÖNNTE MASSIG SPASS MIT REISSVERSCHLÜSSEN UND BH-HÄKCHEN HABEN MIT SO WAS.
ANDERERSEITS BRAUCHEN WIR GAR KEINE SUPERKRÄFTE! WIR SIND MIT DIESER GANG WIE RICHTIGE SUPER-HELDEN FERTIG GEWORDEN! VIELLEICHT SOLLTEN WIR'S IN DIESER BRANCHE VERSUCHEN?
NA SICHER. DU EIN SUPERHELD, FRY? UND WER WIRD UNSER ERZFEIND? MOM?
WART'S NUR AB, BUB. TRÄUM RUHIG WEITER. WER WEISS? MÖGLICH IST ALLES. MIT EINER KLEINEN MUTATION... UND 'NEM CAPE!
ZU HILFE! MEINE BEINE SIND ZERQUETSCHT!
HALT DIE LUFT AN, PROFESSOR. DU STÖRST MEINE ENTSPANNTE L-M-A-A-HALTUNG.
ABER ICH WERDE NIE WIEDER GEHEN KÖNNEN! ICH WERDE EINEN HOVER-ROLLSTUHL BRAUCHEN! UND ICH WEISS NICHT MEHR, WIE ICH HEISSE!
SEHT IHR? GENAU WIE IN MEI-NEM TRAUM!
DANN SOLLTE DER PROFESSOR ALSO VER-KRÜPPELT WERDEN!
HURRA! ICH KRIEG SEIN GEBISS!
DAS WAR ABSURD! 'NUFF SAID!

PROFESSOR FARNSWORTH BAUT SICH SEIN TRAUMHAUS

An einem müllverseuchten, von mutierten Neunaugen befallenen Fluss gelegen, hoch über de Ruinen des alten New York, werkelt Professor Farnsworth unermüdlich an der Vollendung seine Traumhauses: Dem Planet-Express-Gebäude.

Einige (bei weitem nicht alle) Besonderheiten:

1) Leistungsstarker Radio-Empfänger um auch unterwegs im Weltraum alle Unterhaltungsprogramme empfangen zu können.
2) Oberes Labor mit Riechoskop, Schiebedach, Zeitmaschine (in Arbeit) und einer geschrumpften Stadt unter Glas
3) Schlafzimmer mit Entertainment-Modul, Erfrischungen, Hummelfiguren-Sammlung, Butler-Roboter mit Stärkungstonikum, Robot-Hund mit Pantoffeln
4) Raum der ultimativen erotischen Freuden mit Ringen, Einrad, Tröten-Orgel, großem „Rückenfit"-Gymnastik-Ball, Trapez, Trampolin und Sprungturm
5) Treibhaus zur experimentellen Züchtung von Halb-Affen/Halb-Pflanzen-Wesen (z.B. Schimpandendrons und Chrysanthemaffen)
6) Dachterrasse zum FKK-Sonnenbaden mit Liegestuhl für entspanntes Grillen
7) Zoidbergs Büro und Krankenstation mit Sonden, Fessel-Vorrichtung und sehr scharfen, rotierenden Instrumenten
8) Aufenthaltsraum für Mitarbeiter und Mecker-Ecke
9) Konferenzraum mit holografischem Projektor
10) Geheime Notfall-Transportröhre zum "AUF DRAHT"-Laden
11) Lobby und/oder Vorzimmer
12) Hermes Conrads Büro
13) Unteres Labor mit Arbeitsschemel, -tisch und einer Schublade, die fantastische Drähte in diversen Längen enthält.
14) Geheime Transportröhre zum Bezirksleichenschauhaus (zu Be- und Entsorgungszwecken)

15) Ameisenfarm für mutierte Riesenameisen
16) Klon-Kammer
17) Kryogenik-Kammer mit Getränkewagen und Kuschelkissen.
18) Dekontaminationsbereich zur Säuberung von Strahlung, Weltraummüll, hartnäckigen Flecken und lästigen Alien-Pocken.
19) Holo-Raum mit zahlreichen exotischen außerirdischen Landschaften (unter anderem: Sporenwelt, Land der 1000 Augen und die Gemütliche Zone)
20) Durchgang ohne Wiederkehr

EINBLICKE IN NICHT SICHTBARE RÄUMLICHKEITEN

21) Antischwerkraft-Kammer
22) Private Organbank mit Menschen- und Alien-Organen, die kein menschliches Auge (ebenfalls enthalten) je gesehen hat
23) Spielzimmer, Hobby- und Partyraum
24) Dimensionstor
25) Dunkle-Materie-Lager mit Dunkle-Materie-Leger
26) Hangar mit Planet-Express-Raumschiff an der Laderampe.
27) Jet-Boot-Startrampe
28) Unterirdisches Lagerhaus für atomgetriebene Riesenroboter
29) Weinkeller für Tetra-Paks
30) Unterirdischer U-Boot-Stützpunkt
31) Fahrstuhl zum Mittelpunkt der Erde
32) Tauchkugel zur Treibgut- und Abfallbeschaffung
33) Geheime Transportröhre zu Benny's All-you-can-eat-Restaurant für pürierte Meeresfrüchte
34) Geheime Transportröhre zum Schnäppchenmarkt
35) Badezimmer mit Bidet, Frisierkommode, gestankabsorbierenden Pflanzen und Verbesserungsspiegel mit drei Einstellungsvarianten (ohne Krampfadern, Muskelprotz und Adonis) (Warnung: Die im Spiegel reflektierten Objekte sind hässlicher als sie scheinen).
36) Küche mit einem Vorrat auf Lebensdauer an Junggesellenfutter („Bachelor Chow"), riesigem Dosenöffner, Müllpresse, Recycling-Behältern und Salz
37) Chat-Room mit sich selbst verstellenden, gemütlichen Sesseln
38) Aerobotic-Fitness-Raum
39) Besenkammer

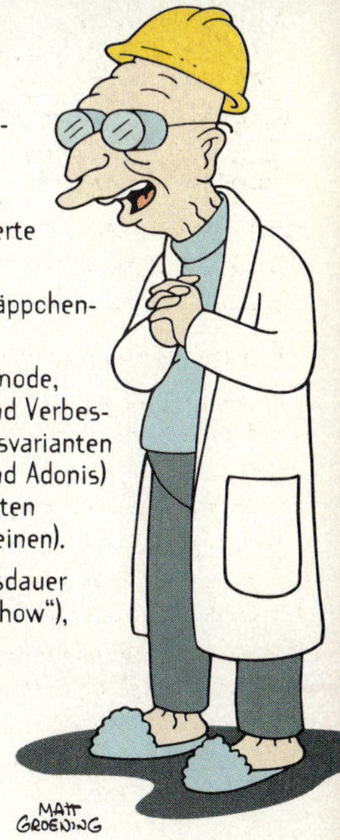

COMICS BONGO GROUP
EINE PACKENDE WEIHNACHTSGESCHICHTE!
A: € 2,60
CH: sfr 4,50
E 56855
Dino
FUTURAMA
COMICS
7
DEZ 02
€ 2,30 (D)
FUTURAMA COMICS
MATT GROENING

ERIC ROGERS AUTOR | JAMES LLOYD ZEICHNUNGEN | STEVE STEERE, JR. TUSCHE | DAVE STEWART FARBEN | BILL MORRISON US-REDAKTION | MATT GROENING UNGEZOGEN, ABER BRAV

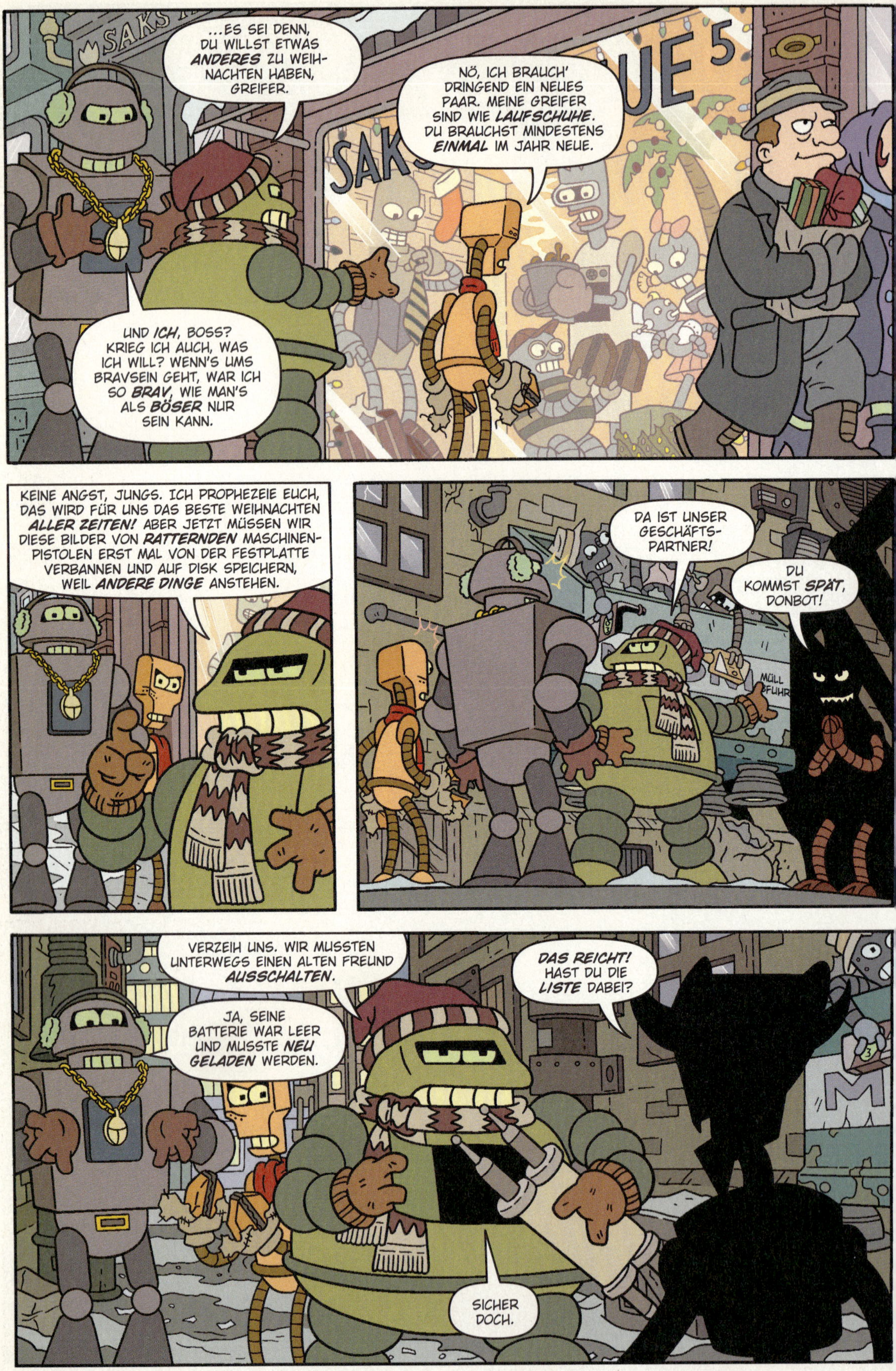
...ES SEI DENN, DU WILLST ETWAS ANDERES ZU WEIH-NACHTEN HABEN, GREIFER.
NÖ, ICH BRAUCH' DRINGEND EIN NEUES PAAR. MEINE GREIFER SIND WIE LAUFSCHUHE. DU BRAUCHST MINDESTENS EINMAL IM JAHR NEUE.
UND ICH, BOSS? KRIEG ICH AUCH, WAS ICH WILL? WENN'S UMS BRAVSEIN GEHT, WAR ICH SO BRAV, WIE MAN'S ALS BÖSER NUR SEIN KANN.
KEINE ANGST, JUNGS. ICH PROPHEZEIE EUCH, DAS WIRD FÜR UNS DAS BESTE WEIHNACHTEN ALLER ZEITEN! ABER JETZT MÜSSEN WIR DIESE BILDER VON RATTERNDEN MASCHINEN-PISTOLEN ERST MAL VON DER FESTPLATTE VERBANNEN UND AUF DISK SPEICHERN, WEIL ANDERE DINGE ANSTEHEN.
DA IST UNSER GESCHÄFTS-PARTNER!
DU KOMMST SPÄT, DONBOT!
VERZEIH UNS. WIR MUSSTEN UNTERWEGS EINEN ALTEN FREUND AUSSCHALTEN.
JA, SEINE BATTERIE WAR LEER UND MUSSTE NEU GELADEN WERDEN.
DAS REICHT! HAST DU DIE LISTE DABEI?
SICHER DOCH.

UM DAS KLARZUSTELLEN: DU GARANTIERST, DASS UNS DER WEIHNACHTSMANNROBOTER NICHT ALS UNARTIG EINSTUFT UND UNS AM HEILIGABEND NICHT UMNIETET. IM AUSTAUSCH GEBEN WIR DIR DIE NAMEN UND KENNUNGEN ALLER ROBOTER, DIE UNS GELD SCHULDEN. RICHTIG?
KORREKT. ICH SAGE DEM WEIHNACHTSMANNROBOTER PERSÖNLICH, DASS ER EUCH VON SEINER LISTE DER „BÖSEN" STREICHEN SOLL, UND EUCH WIRD NICHTS ZUSTOSSEN, OBWOHL ALLEIN GREIFERS VERBRECHEN DIE LISTE AUF JAHRE HINAUS FÜLLEN KÖNNTEN!
DAS IST EINE SUCHT! ICH KANN NICHTS DAFÜR!
KRIEG DICH EIN, GREIFER, DU BIST BEFREIT... FÜR DIESES WEIHNACHTEN. UND JETZT HAUT AB, BEVOR ICH MEINE SPENDABLE SEITE WIEDER SATT HABE.
IST EINE FREUDE, MIT DIR GESCHÄFTE ZU MACHEN!
OH, DIE FREUDE WIRD GANZ MEINERSEITS SEIN...
WUAHAHAHAHA!!!
ZU ERLEDIGEN:
BENDER
PAULIE TWO-GIGS
MELANIE GRIFFITHS KOPF
MAC-I MESSER
FENDER
JIMMY ZIP-DRIVE
FLEXO
FRANKIE FIREWALL
SAMMY SPAM-MAIL
...UND HIER IST DEIN TEXT, BENDER!
DIE WEIHNACHTS-GESCHICHTE
FÜR BENDER

WAS SOLL ICH MIT DIESEM MÜLL-IN-SPE?
DAS IST DAS STÜCK, DAS WIR AN HEILIGABEND IM ALTENHEIM AUFFÜHREN WERDEN, ALS TEIL DER GEMEINNÜTZIGEN ARBEIT, DIE ICH ABLEISTEN MUSS!
GEMEINNÜTZIGE ARBEIT? WOFÜR?
ICH WURDE WEGEN ÖFFENTLICHER ANSTÖSSIGKEIT UND F.U.I. VERURTEILT.
„F.U.I."?
„FAHREN UNTER INKONTINENZEINFLUSS".
SORRY, PROFESSOR, ABER ICH MUSS MEINE EIGENE GEMEINNÜTZIGE ARBEIT TUN.
BENDER, WENN DU BEI DEM STÜCK NICHT MITMACHST, MUSST DU DIE DREI TONNEN KÜHLSCHRANKMAGNETEN GANZ ALLEIN AUF DEM PLANETEN IGLUPITER ABLIEFERN!
MAGNETEN?! NEIN! DU WEISST DOCH, WAS DIE MIT MEINER KONTROLLEINHEIT ANSTELLEN! ICH WÜRDE VIELLEICHT ETWAS TUN, WAS ICH ERNSTHAFT BEREUE! ZUM BEISPIEL EINEM VON EUCH WAS NETTES SAGEN!
RIIING!
ACH, MIST! KRIEG ICH WENIGSTENS MEINEN EIGENEN WOHNWAGEN?
FROHE WEIHNACHTEN, LIEFERSERVICE PLANET EXPRESS HIER... BLEIBEN SIE BITTE DRAN. ICH VERBINDE.
FÜR DICH. MACH'S KURZ -- WIR HABEN NUR ZWEI TAGE, UM DIESE SHOW AUF DIE BEINE ZU STELLEN!
HALLÖCHEN!
HALLO, BENDER, ICH RUFE IM AUFTRAG VON OLDE FORTRAN LIQUOR AN, UM IHNEN DIE CHANCE ZU GEBEN, SO VIEL OLD FORTRAN ZU GEWINNEN, WIE SIE FÜR DEN REST IHRES LEBENS TRINKEN KÖNNEN!

SIE MÜSSEN NUR EINE EINFACHE FRAGE BEANTWORTEN. SIND SIE BEREIT?
SCHIESSEN SIE LOS!
ALSO DANN -- MÖGEN SIE BIER?
ÄHHH ... JA! NEIN! -- JA!!!
RICHTIG! GEWONNEN!
JA! ICH HAB GEWONNEN! DA HAST DU'S, ZOIDBERG!
WAS SOLL DIE HÄME?
HOLEN SIE SICH IHREN PREIS HEUTE IM STADTTEIL HELL'S KITCHEN AB. DIE ADRESSE IST 666 DANTE'S CIRCLE! DANKE UND AUF WIEDERHÖREN!
HAB'S NOTIERT ... CIAO!
HEY!
KRATZ! KRATZ!
WAS HAST DU GEWONNEN, BENDER?
OLDE FORTRAN BIS ANS LEBENSENDE! ICH MUSSTE DENEN NUR SAGEN, DASS ICH BIER MAG!
„HELL'S KITCHEN"? ICH WEISS NICHT... KLINGT, ALS SEI DA WAS FAUL.
ICH WÜRDE GERN NOCH BLEIBEN UND RUMPRAHLEN, ABER DIESES BIER SÄUFT SICH NICHT VON SELBER. KOMM, FRY!
KRCHCH!
NUN, WIR SOLLTEN MIT UNSERER PROBE FORTFAHREN. LEELA, KOMMEN WIR ZU DEINER LIEBESSZENE MIT ZOIDBERG.
GURRRRRR...

ETWAS SPÄTER...
AH, SO KENN ICH WEIHNACHTEN AUS DEM 20. JAHRHUNDERT: MENSCHEN, DIE VERSUCHEN, IHREN NÄCHSTEN ZU HELFEN.
BITTE, GEBT, WAS IHR KÖNNT! SCHENKT DEN BEDÜRFTIGEN ETWAS HOFFNUNG!
Spenden
RING! RING!
WAS TUST DU DA?
ICH SPENDE ETWAS.
WAS NÜTZT GELD, WENN DER WEIHNACHTSMANN DICH INS VISIER GENOMMEN HAT?
Spenden
ABER SIE SIND VON DER HEILSARMEE! ICH DACHTE, IHR GEBT DEN BEDÜRFTIGEN GELD!
BIST DU IRRE? WIR SIND DIE HEILSARMEE!
Spenden
WIR SIND DER TEIL DER STREITKRÄFTE, DER DEN WEHRLOSEN WAFFEN GIBT, DAMIT SIE SICH AN HEILIGABEND VERTEIDIGEN KÖNNEN.
DIE BEWAFFNEN DIEJENIGEN, DIE DAS NICHT SELBER KÖNNEN. APROPOS...
SORG DAFÜR, DASS DIE HIER EIN GUTES ZUHAUSE BEKOMMEN.
GOTT SEGNE SIE, SIR!
AH, DA IST ES, FRY! MEIN FREIBIER AUF LEBENSZEIT WARTET! JETZT WERDE ICH NIE MEHR EINE AUSREDE HABEN, BEIM FAHREN NICHT ZU TRINKEN!
ICH BESORGE UNS DERWEIL EINEN WEIHNACHTSBAUM FÜR DAS STÜCK. WIE IN DER ZEICHENTRICKSERIE MIT DIESEM GLATZKÖPFIGEN JUNGEN UND SEINEM HUND...
DAS WEIHNACHTSSPECIAL VON „DIE ABENTEUER VON LITTLE KOJAK UND BEETHOVEN"?
ENTZÜCKEND, HÜNDCHEN!

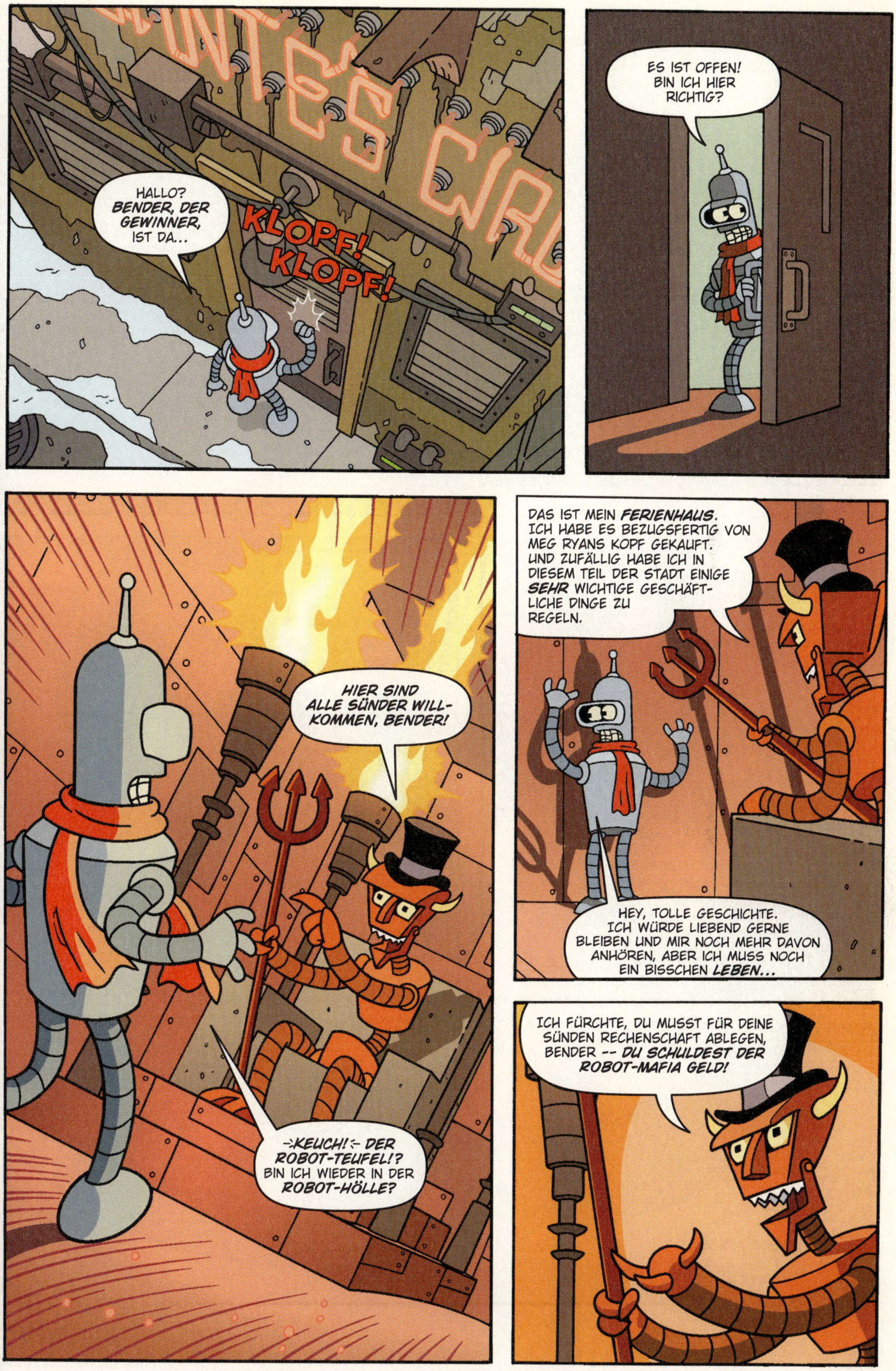
HALLO? BENDER, DER GEWINNER, IST DA...
KLOPF! KLOPF!
ES IST OFFEN! BIN ICH HIER RICHTIG?
HIER SIND ALLE SÜNDER WILLKOMMEN, BENDER!
-KEUCH!- DER ROBOT-TEUFEL!? BIN ICH WIEDER IN DER ROBOT-HÖLLE?
DAS IST MEIN FERIENHAUS. ICH HABE ES BEZUGSFERTIG VON MEG RYANS KOPF GEKAUFT. UND ZUFÄLLIG HABE ICH IN DIESEM TEIL DER STADT EINIGE SEHR WICHTIGE GESCHÄFTLICHE DINGE ZU REGELN.
HEY, TOLLE GESCHICHTE. ICH WÜRDE LIEBEND GERNE BLEIBEN UND MIR NOCH MEHR DAVON ANHÖREN, ABER ICH MUSS NOCH EIN BISSCHEN LEBEN...
ICH FÜRCHTE, DU MUSST FÜR DEINE SÜNDEN RECHENSCHAFT ABLEGEN, BENDER -- DU SCHULDEST DER ROBOT-MAFIA GELD!

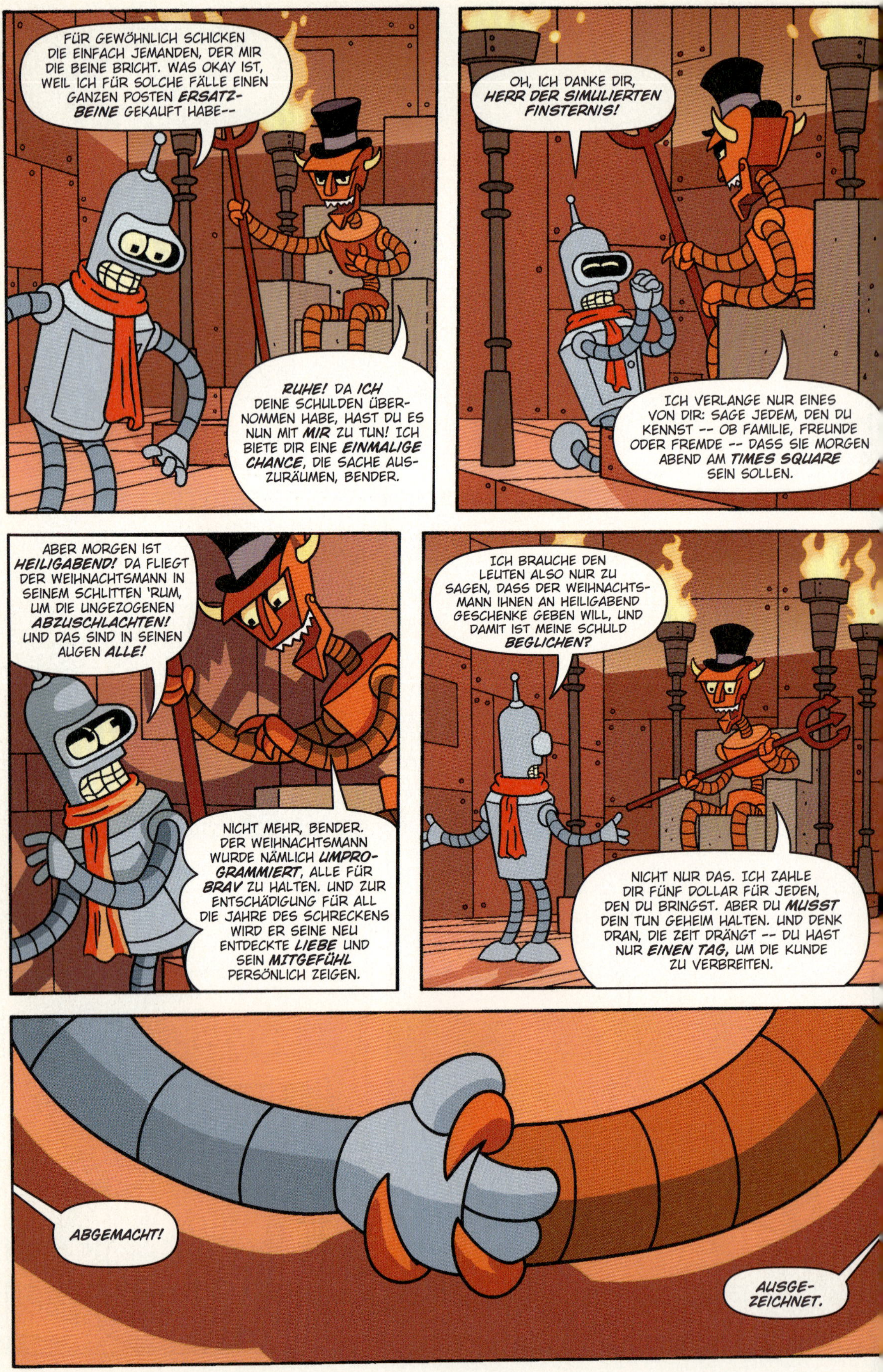

FÜR GEWÖHNLICH SCHICKEN DIE EINFACH JEMANDEN, DER MIR DIE BEINE BRICHT. WAS OKAY IST, WEIL ICH FÜR SOLCHE FÄLLE EINEN GANZEN POSTEN ERSATZ-BEINE GEKAUFT HABE--
RUHE! DA ICH DEINE SCHULDEN ÜBERNOMMEN HABE, HAST DU ES NUN MIT MIR ZU TUN! ICH BIETE DIR EINE EINMALIGE CHANCE, DIE SACHE AUSZURÄUMEN, BENDER.
OH, ICH DANKE DIR, HERR DER SIMULIERTEN FINSTERNIS!
ICH VERLANGE NUR EINES VON DIR: SAGE JEDEM, DEN DU KENNST -- OB FAMILIE, FREUNDE ODER FREMDE -- DASS SIE MORGEN ABEND AM TIMES SQUARE SEIN SOLLEN.
ABER MORGEN IST HEILIGABEND! DA FLIEGT DER WEIHNACHTSMANN IN SEINEM SCHLITTEN 'RUM, UM DIE UNGEZOGENEN ABZUSCHLACHTEN! UND DAS SIND IN SEINEN AUGEN ALLE!
NICHT MEHR, BENDER. DER WEIHNACHTSMANN WURDE NÄMLICH UMPROGRAMMIERT, ALLE FÜR BRAV ZU HALTEN. UND ZUR ENTSCHÄDIGUNG FÜR ALL DIE JAHRE DES SCHRECKENS WIRD ER SEINE NEU ENTDECKTE LIEBE UND SEIN MITGEFÜHL PERSÖNLICH ZEIGEN.
ICH BRAUCHE DEN LEUTEN ALSO NUR ZU SAGEN, DASS DER WEIHNACHTSMANN IHNEN AN HEILIGABEND GESCHENKE GEBEN WILL, UND DAMIT IST MEINE SCHULD BEGLICHEN?
NICHT NUR DAS. ICH ZAHLE DIR FÜNF DOLLAR FÜR JEDEN, DEN DU BRINGST. ABER DU MUSST DEIN TUN GEHEIM HALTEN. UND DENK DRAN, DIE ZEIT DRÄNGT -- DU HAST NUR EINEN TAG, UM DIE KUNDE ZU VERBREITEN.
ABGEMACHT!
AUSGEZEICHNET.

SPÄTER ...
ACH DU EITLER NASENBEUTLER! WAS SOLL DAS DENN SEIN, FRY?
UNSER WEIHNACHTSBAUM! IST ER NICHT KLASSE?
ER IST KAUM VORHANDEN! UND AUSSERDEM UNECHT!
NUR DIE RUHE. DER UNTERSCHIED ZU EINEM ECHTEN IST NUR DER, DASS MAN NICHT MIT EINER TOLLWÜTIGEN EICHHÖRNCHENFAMILIE RECHNEN MUSS, DIE EINEN JEDES MAL ANSPRINGT UND BEISST, WENN MAN DRAN VORBEI LÄUFT. EIN ECHTER BAUM IST NUR GUT FÜR EINEN HAUFEN TETANUS!
ABER OHNE EINE ECHTE PALME KOMMT EINFACH KEINE WEIHNACHTSSTIMMUNG AUF.
JETZT HABEN WIR EINEN BAUM UND KÖNNEN DAS STÜCK PROBEN. WER BIN ICH?
WIR BEIDE SIND DIE WEISEN OMICRONIANER, DIE DER GEBURT VON ZOMBIE-JESU BEIWOHNEN!
OH, BENDER, DU BIST ZURÜCK! DANN KÖNNEN WIR MIT DER GENERALPROBE BEGINNEN!
SORRY, SEÑOR SENILOS, ABER ICH KANN NICHT MITSPIELEN.
ABER NIEMAND AUSSER DIR IST KALTHERZIG GENUG, UM DEN MONOLITHEN ZU SPIELEN! WIR BRAUCHEN DICH.
KANN NICHT. HAB 'NEN ZWEITJOB.
DAMIT DU MIR EIN SCHÖNES GESCHENK KAUFEN KANNST?
WARUM NICHT.
BENDER, DAS IST WIRKLICH NETT... UND VERDÄCHTIG. WAS HAT ES MIT DIESEM „JOB“ AUF SICH?

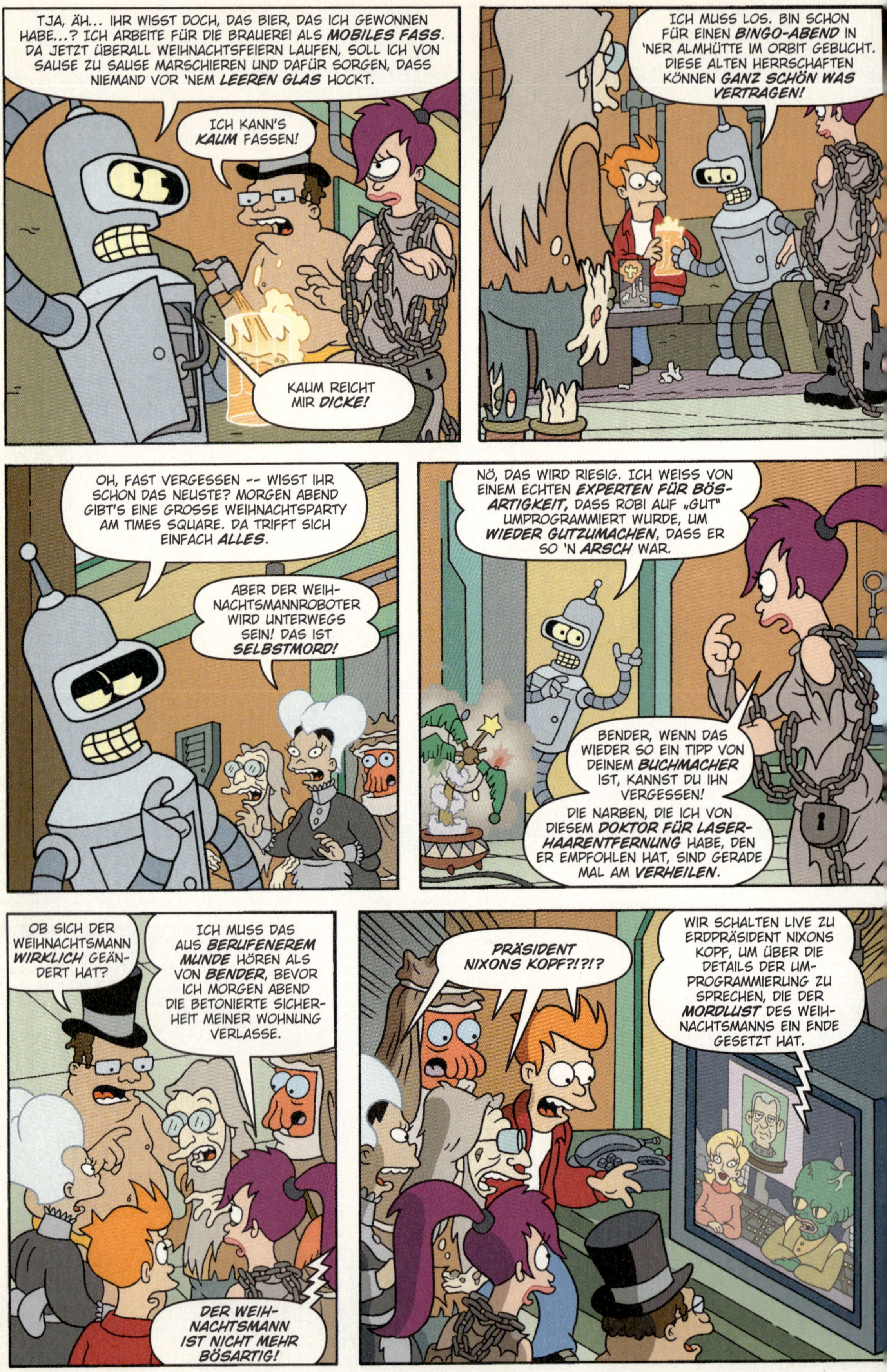
TJA, ÄH... IHR WISST DOCH, DAS BIER, DAS ICH GEWONNEN HABE...? ICH ARBEITE FÜR DIE BRAUEREI ALS MOBILES FASS. DA JETZT ÜBERALL WEIHNACHTSFEIERN LAUFEN, SOLL ICH VON SAUSE ZU SAUSE MARSCHIEREN UND DAFÜR SORGEN, DASS NIEMAND VOR 'NEM LEEREN GLAS HOCKT.
ICH KANN'S KAUM FASSEN!
KAUM REICHT MIR DICKE!
ICH MUSS LOS. BIN SCHON FÜR EINEN BINGO-ABEND IN 'NER ALMHÜTTE IM ORBIT GEBUCHT. DIESE ALTEN HERRSCHAFTEN KÖNNEN GANZ SCHÖN WAS VERTRAGEN!
OH, FAST VERGESSEN -- WISST IHR SCHON DAS NEUSTE? MORGEN ABEND GIBT'S EINE GROSSE WEIHNACHTSPARTY AM TIMES SQUARE. DA TRIFFT SICH EINFACH ALLES.
ABER DER WEIHNACHTSMANNROBOTER WIRD UNTERWEGS SEIN! DAS IST SELBSTMORD!
NÖ, DAS WIRD RIESIG. ICH WEISS VON EINEM ECHTEN EXPERTEN FÜR BÖSARTIGKEIT, DASS ROBI AUF „GUT" UMPROGRAMMIERT WURDE, UM WIEDER GUTZUMACHEN, DASS ER SO 'N ARSCH WAR.
BENDER, WENN DAS WIEDER SO EIN TIPP VON DEINEM BUCHMACHER IST, KANNST DU IHN VERGESSEN!
DIE NARBEN, DIE ICH VON DIESEM DOKTOR FÜR LASERHAARENTFERNUNG HABE, DEN ER EMPFOHLEN HAT, SIND GERADE MAL AM VERHEILEN.
OB SICH DER WEIHNACHTSMANN WIRKLICH GEÄNDERT HAT?
ICH MUSS DAS AUS BERUFENEREM MUNDE HÖREN ALS VON BENDER, BEVOR ICH MORGEN ABEND DIE BETONIERTE SICHERHEIT MEINER WOHNUNG VERLASSE.
DER WEIHNACHTSMANN IST NICHT MEHR BÖSARTIG!
PRÄSIDENT NIXONS KOPF?!?!?
WIR SCHALTEN LIVE ZU ERDPRÄSIDENT NIXONS KOPF, UM ÜBER DIE DETAILS DER UMPROGRAMMIERUNG ZU SPRECHEN, DIE DER MORDLUST DES WEIHNACHTSMANNS EIN ENDE GESETZT HAT.

DAS WIRD DER GROSSARTIGSTE HEILIGABEND ALLER ZEITEN!
GLEICHAUF MIT DEM VON 1971, ALS ICH MIT DEM VORSITZENDEN MAO EINE ZECHTOUR IN ARIZONA GEMACHT HABE.
MORBO VERLANGT ZU ERFAHREN, WIE SIE LIEBE UND FRIEDEN AUF DER FESTPLATTE DES WEIHNACHTSMANNS INSTALLIEREN KONNTEN.
GANZ EINFACH. LETZTES WEIHNACHTEN, ALS DER WEIHNACHTSMANN DAS WEISSE HAUS ANGRIFF, STELLTEN WIR EIN GLAS WEINSCHORLE MIT MILCHGESCHMACK RAUS, DAS ER SEINER PROGRAMMIERUNG ENTSPRECHEND AUSTRANK.
DEM WEIN WAR EIN VIRUS BEIGEMISCHT, DER DIE „UNARTIG"-DATEI VON SEINER FESTPLATTE GELÖSCHT HAT, UND DESHALB STUFT DER WEIHNACHTSMANN JETZT JEDERMANN ALS „BRAV" EIN. DAS HEISST, ER WIRD DER WELT GESCHENKE BRINGEN ANSTATT DEN TOD!
UND DAMIT VERDIRBT ER MORBOS LIEBLINGSFEIERTAG! EIN WEITERER RÜCKSCHLAG FÜR MORBOS TRAUM VON DER VERNICHTUNG DER WELT.
LASSEN SIE MICH DAZU FOLGENDES SAGEN. ICH ARBEITE STÄNDIG AN MÖGLICHKEITEN, EINEN NEUEN WELTKRIEG AUSZULÖSEN, UND DAS NEUE JAHR WIRD DIESE BEMÜHUNGEN OHNE FRAGE BELOHNEN!
GNI-HI-HI...
KANN DAS WIRKLICH SEIN?
DER WEIHNACHTSMANN IST VON JETZT AN LIEB UND GÜTIG?
WENN'S IM FERNSEHEN KOMMT, MUSS ES WAHR SEIN!
ICH WEISS NICHT... DAS SCHEINT MIR ALLES ETWAS ZU SCHÖN.
LEELA, VERSTEHST DU DENN NICHT? DAS IST WEIHNACHTEN, WIE ES SEIN SOLL! UND AUSSERDEM, WARUM SOLLTE GERADE NIXON LÜGEN?

ANDERSWO...
...WENN DU DIESE VENUSIANERIN AUS DEM KATALOG ALSO WIRKLICH HABEN WILLST, BRAUCHST DU HEUTE ABEND NUR AM TIMES SQUARE ZU SEIN, UND DER WEIHNACHTS-MANN BRINGT SIE DIR!
DA WERD' ICH DOCH MAL DIE SEIFE AUS-PACKEN!
UND SAG IHNEN, DASS BENDER DICH GESCHICKT HAT!
GEHT KLAR!
ZEIT, DEN SPRACHGENERATOR ZU SCHMIEREN!
MERRY X-M
ZORGNAX'S PUB
AUSSER BETRIEB!
GEHT KLAR!
'NE HALBE ÖL, HERR WIRT.
BITTESCHÖN, TINNY TIM -- DER NEUE PENTIUM-5-CHIP FÜR DEINE MÜHEN. LAD' NUR NICHT ALLES AUF EINMAL RUNTER.
DANKE SEHR, MEIN HERR! UND MÖGEN SIE ZU WEIHNACHTEN REGLER BEKOMMEN, DIE SICH BIS ELF HOCH-DREHEN LASSEN!
HEY, FENDER! ICH BIN'S, DER ALTE BENDER!

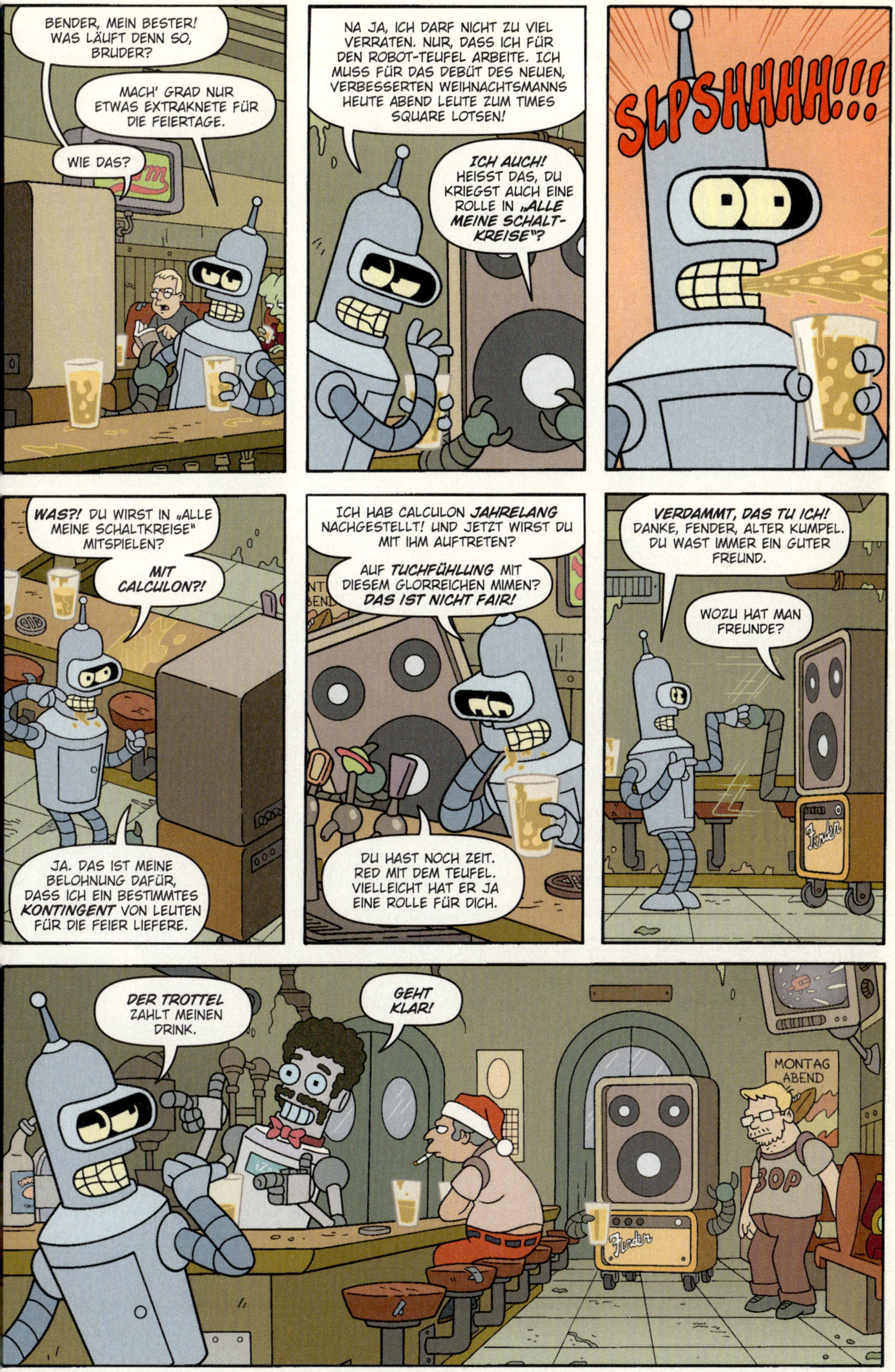
BENDER, MEIN BESTER! WAS LÄUFT DENN SO, BRUDER?
MACH' GRAD NUR ETWAS EXTRAKNETE FÜR DIE FEIERTAGE.
WIE DAS?
NA JA, ICH DARF NICHT ZU VIEL VERRATEN. NUR, DASS ICH FÜR DEN ROBOT-TEUFEL ARBEITE. ICH MUSS FÜR DAS DEBÜT DES NEUEN, VERBESSERTEN WEIHNACHTSMANNS HEUTE ABEND LEUTE ZUM TIMES SQUARE LOTSEN!
ICH AUCH! HEISST DAS, DU KRIEGST AUCH EINE ROLLE IN „ALLE MEINE SCHALTKREISE"?
SLPSHHHH!!!
WAS?! DU WIRST IN „ALLE MEINE SCHALTKREISE" MITSPIELEN?
MIT CALCULON?!
JA. DAS IST MEINE BELOHNUNG DAFÜR, DASS ICH EIN BESTIMMTES KONTINGENT VON LEUTEN FÜR DIE FEIER LIEFERE.
ICH HAB CALCULON JAHRELANG NACHGESTELLT! UND JETZT WIRST DU MIT IHM AUFTRETEN?
AUF TUCHFÜHLUNG MIT DIESEM GLORREICHEN MIMEN? DAS IST NICHT FAIR!
DU HAST NOCH ZEIT. RED MIT DEM TEUFEL. VIELLEICHT HAT ER JA EINE ROLLE FÜR DICH.
VERDAMMT, DAS TU ICH! DANKE, FENDER, ALTER KUMPEL. DU WAST IMMER EIN GUTER FREUND.
WOZU HAT MAN FREUNDE?
DER TROTTEL ZAHLT MEINEN DRINK.
GEHT KLAR!
MONTAG ABEND

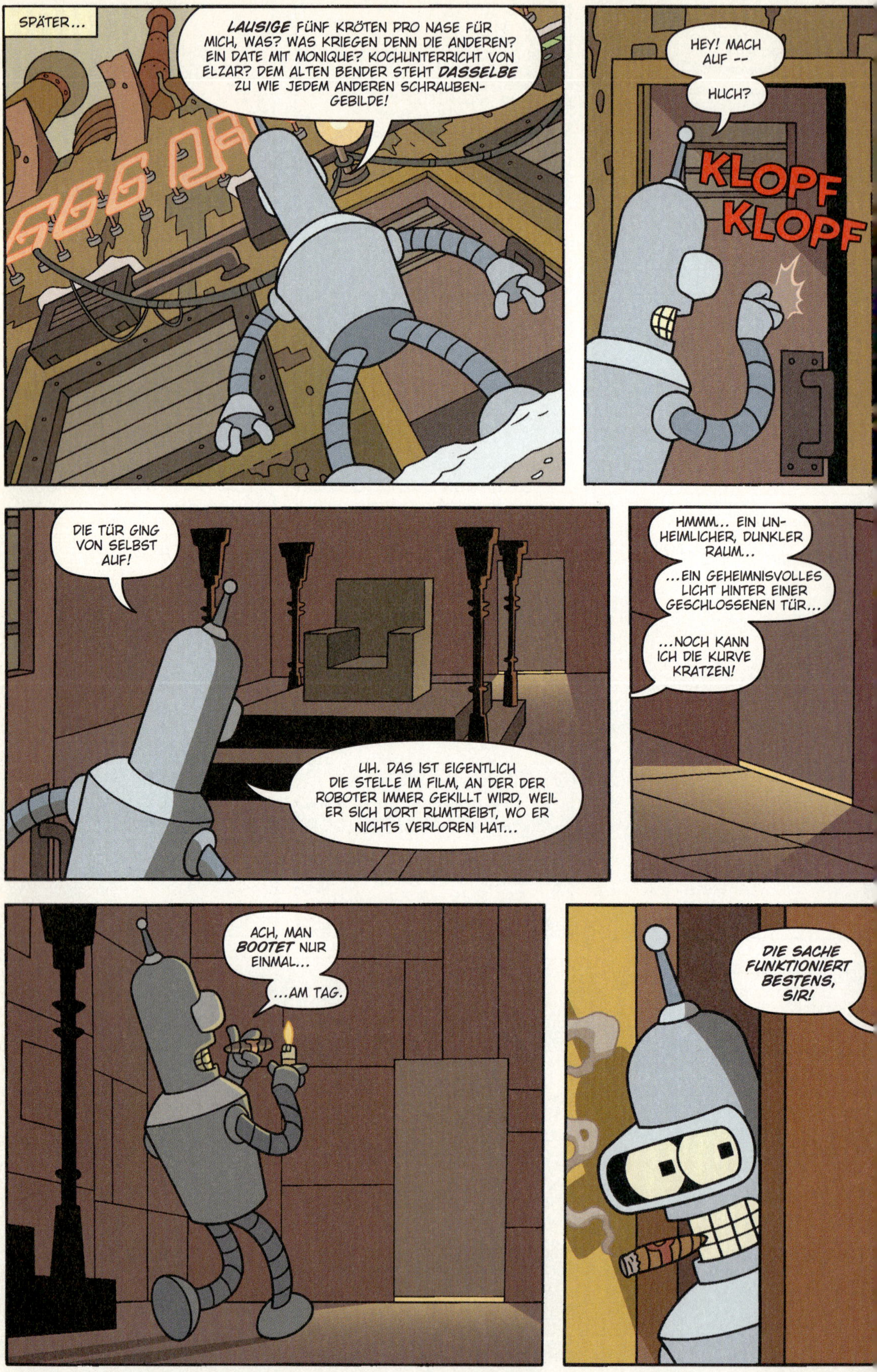
SPÄTER...
LAUSIGE FÜNF KRÖTEN PRO NASE FÜR MICH, WAS? WAS KRIEGEN DENN DIE ANDEREN? EIN DATE MIT MONIQUE? KOCHUNTERRICHT VON ELZAR? DEM ALTEN BENDER STEHT DASSELBE ZU WIE JEDEM ANDEREN SCHRAUBEN-GEBILDE!
HEY! MACH AUF --
HUCH?
KLOPF KLOPF
DIE TÜR GING VON SELBST AUF!
UH. DAS IST EIGENTLICH DIE STELLE IM FILM, AN DER DER ROBOTER IMMER GEKILLT WIRD, WEIL ER SICH DORT RUMTREIBT, WO ER NICHTS VERLOREN HAT...
HMMM... EIN UN-HEIMLICHER, DUNKLER RAUM...
...EIN GEHEIMNISVOLLES LICHT HINTER EINER GESCHLOSSENEN TÜR...
...NOCH KANN ICH DIE KURVE KRATZEN!
ACH, MAN BOOTET NUR EINMAL...
...AM TAG.
DIE SACHE FUNKTIONIERT BESTENS, SIR!

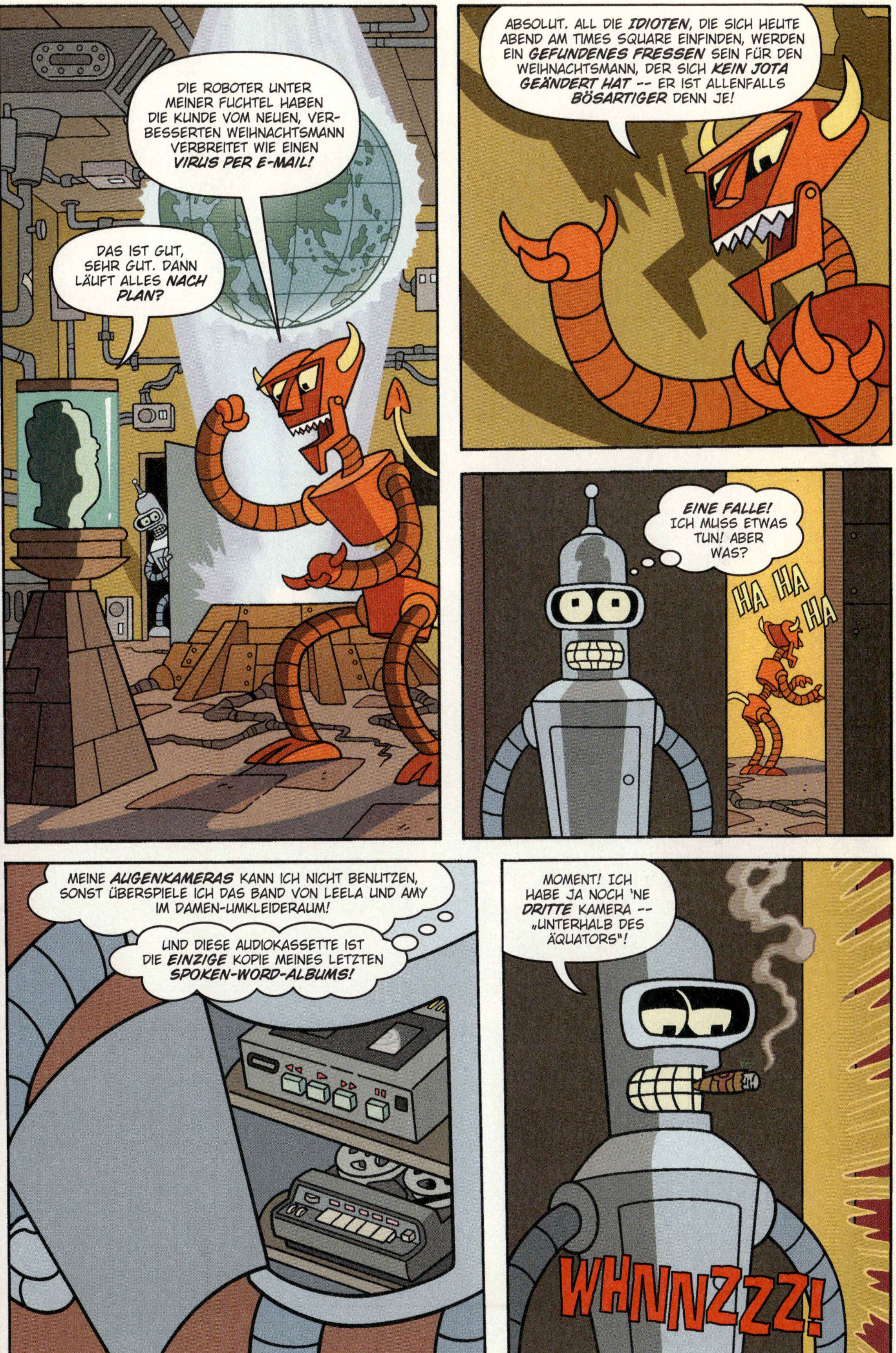
DIE ROBOTER UNTER MEINER FUCHTEL HABEN DIE KUNDE VOM NEUEN, VERBESSERTEN WEIHNACHTSMANN VERBREITET WIE EINEN VIRUS PER E-MAIL!
DAS IST GUT, SEHR GUT. DANN LÄUFT ALLES NACH PLAN?
ABSOLUT. ALL DIE IDIOTEN, DIE SICH HEUTE ABEND AM TIMES SQUARE EINFINDEN, WERDEN EIN GEFUNDENES FRESSEN SEIN FÜR DEN WEIHNACHTSMANN, DER SICH KEIN JOTA GEÄNDERT HAT -- ER IST ALLENFALLS BÖSARTIGER DENN JE!
EINE FALLE! ICH MUSS ETWAS TUN! ABER WAS?
HA HA HA
MEINE AUGENKAMERAS KANN ICH NICHT BENUTZEN, SONST ÜBERSPIELE ICH DAS BAND VON LEELA UND AMY IM DAMEN-UMKLEIDERAUM!
UND DIESE AUDIOKASSETTE IST DIE EINZIGE KOPIE MEINES LETZTEN SPOKEN-WORD-ALBUMS!
MOMENT! ICH HABE JA NOCH 'NE DRITTE KAMERA -- „UNTERHALB DES ÄQUATORS"!
WHNNZZZ!

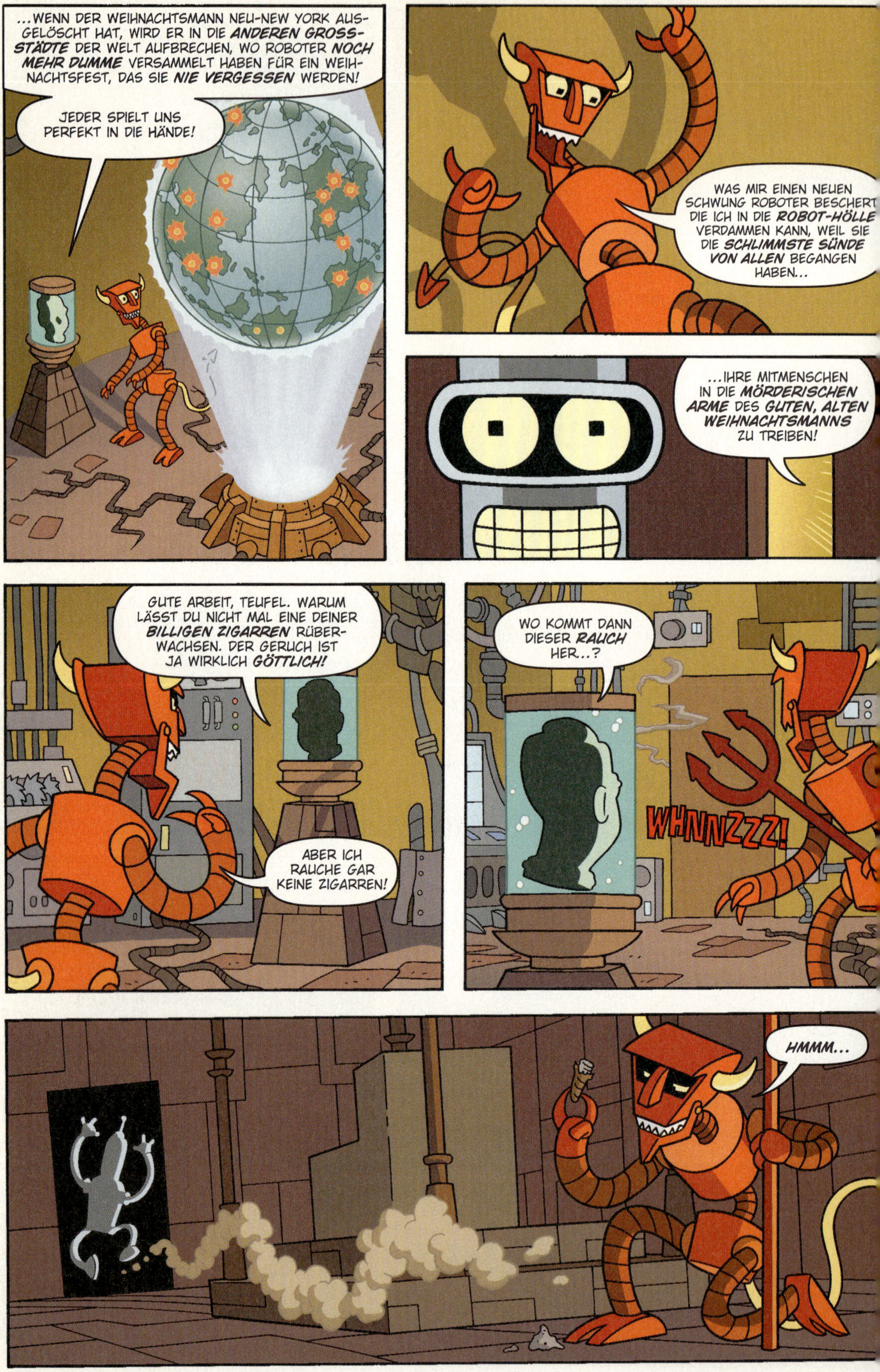
...WENN DER WEIHNACHTSMANN NEU-NEW YORK AUSGELÖSCHT HAT, WIRD ER IN DIE ANDEREN GROSSSTÄDTE DER WELT AUFBRECHEN, WO ROBOTER NOCH MEHR DUMME VERSAMMELT HABEN FÜR EIN WEIHNACHTSFEST, DAS SIE NIE VERGESSEN WERDEN!
JEDER SPIELT UNS PERFEKT IN DIE HÄNDE!
WAS MIR EINEN NEUEN SCHWUNG ROBOTER BESCHERT DIE ICH IN DIE ROBOT-HÖLLE VERDAMMEN KANN, WEIL SIE DIE SCHLIMMSTE SÜNDE VON ALLEN BEGANGEN HABEN...
...IHRE MITMENSCHEN IN DIE MÖRDERISCHEN ARME DES GUTEN, ALTEN WEIHNACHTSMANNS ZU TREIBEN!
GUTE ARBEIT, TEUFEL. WARUM LÄSST DU NICHT MAL EINE DEINER BILLIGEN ZIGARREN RÜBERWACHSEN. DER GERUCH IST JA WIRKLICH GÖTTLICH!
ABER ICH RAUCHE GAR KEINE ZIGARREN!
WO KOMMT DANN DIESER RAUCH HER...?
WHNNZZZ!
HMMM...

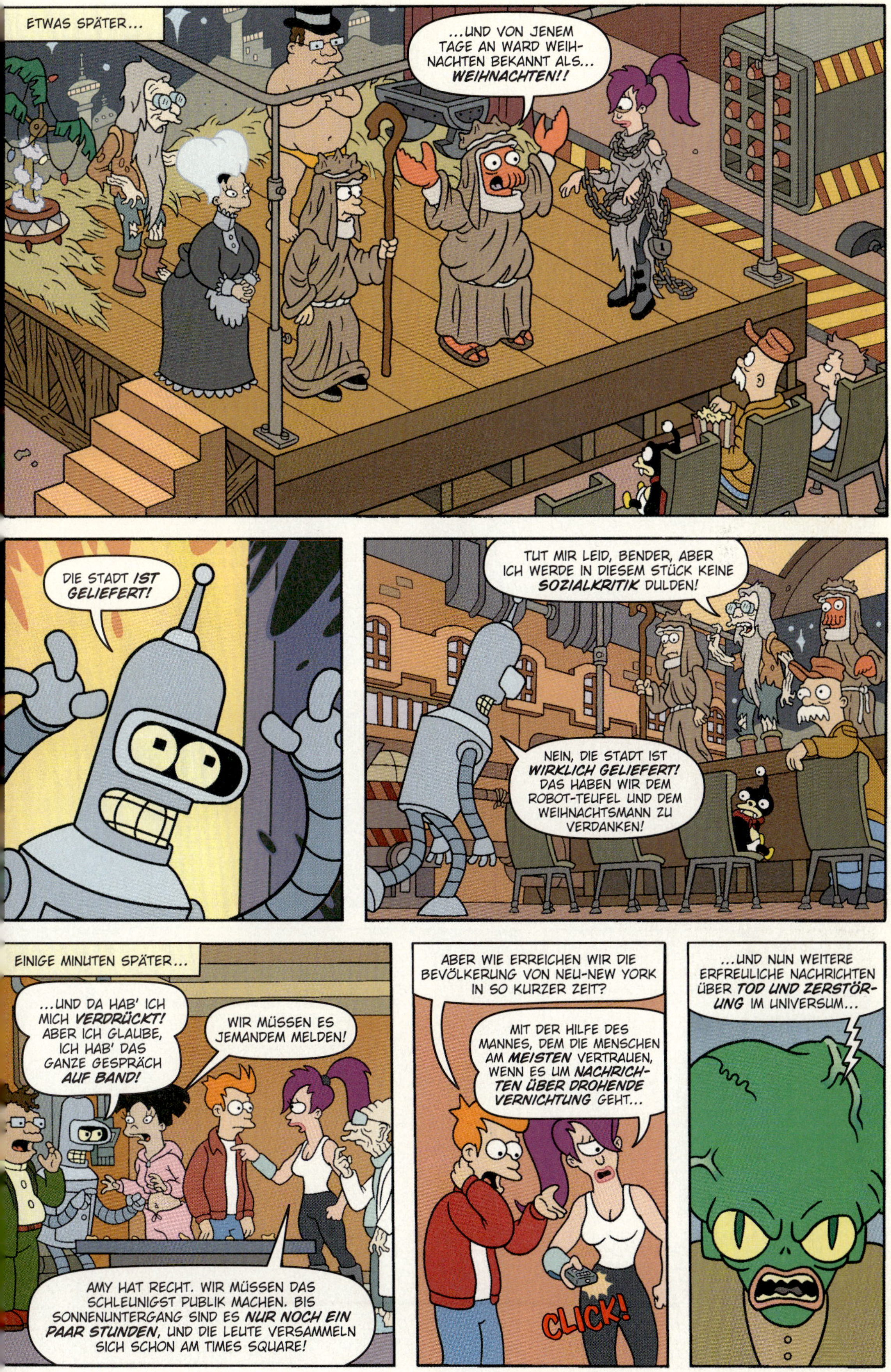

ETWAS SPÄTER...
...UND VON JENEM TAGE AN WARD WEIHNACHTEN BEKANNT ALS... WEIHNACHTEN!!
DIE STADT IST GELIEFERT!
TUT MIR LEID, BENDER, ABER ICH WERDE IN DIESEM STÜCK KEINE SOZIALKRITIK DULDEN!
NEIN, DIE STADT IST WIRKLICH GELIEFERT! DAS HABEN WIR DEM ROBOT-TEUFEL UND DEM WEIHNACHTSMANN ZU VERDANKEN!
EINIGE MINUTEN SPÄTER...
...UND DA HAB' ICH MICH VERDRÜCKT! ABER ICH GLAUBE, ICH HAB' DAS GANZE GESPRÄCH AUF BAND!
WIR MÜSSEN ES JEMANDEM MELDEN!
AMY HAT RECHT. WIR MÜSSEN DAS SCHLEUNIGST PUBLIK MACHEN. BIS SONNENUNTERGANG SIND ES NUR NOCH EIN PAAR STUNDEN, UND DIE LEUTE VERSAMMELN SICH SCHON AM TIMES SQUARE!
ABER WIE ERREICHEN WIR DIE BEVÖLKERUNG VON NEU-NEW YORK IN SO KURZER ZEIT?
MIT DER HILFE DES MANNES, DEM DIE MENSCHEN AM MEISTEN VERTRAUEN, WENN ES UM NACHRICHTEN ÜBER DROHENDE VERNICHTUNG GEHT...
CLICK!
...UND NUN WEITERE ERFREULICHE NACHRICHTEN ÜBER TOD UND ZERSTÖRUNG IM UNIVERSUM...

BALD...
DER WEIHNACHTSMANN - DER NEUE GRUND ZUM FEIERN
GESCHENKE HIER ABWERFEN
BEEILUNG, SONST IST DIE NACHRICHTEN-SENDUNG VORBEI!
ICH STEH AUF WEIH-NACHTEN!
WEIH-NACHTS-FREUDE STATT ANGST
JUHU!
UND NUN ZU MORBOS MINUTE: ES IST HEILIGABEND, EINE NACHT, IN DER SCHMERZ UND LEID SYNONYM STEHEN FÜR GESCHENKE UND LICHTERGLANZ. HEUTE ABER BEZEUGEN WIR DAS ENDE EINER TRADITION.
JA, DER WEIHNACHTS-MANN HAT SICH ZUM BESSEREN GEWANDELT. TRAURIGERWEISE KÖNNTE FRIEDEN AUF ERDEN NUN WAHRLICH EINTRETEN.
DAS WERDEN WIR VERHINDERN!
WAS GEHT DA VOR?
DAS GANZE IST EIN TRICK DES ROBOT-TEUFELS, MORBO! DER WEIHNACHTSMANN HAT SICH NICHT GEÄNDERT. ER WILL HEUTE ABEND NUR ALLE AM TIMES SQUARE HABEN, UM SIE ZU TÖTEN!
NA, DAS IST DOCH MAL EIN KNALLER!
VERDAMMT RICHTIG! AN ALLE, DIE AM TIMES SQUARE SIND: GEHT HEIM UND VERSTECKT EUCH WIE AN JEDEM HEILIGABEND! DER WEIHNACHTSMANN GEHT HEUTE NACHT AUF METZELTOUR!
ICH WEISS ES, WEIL ICH DEN TEUFEL UND IRGENDEINEN ANDEREN GEHEIMNISVOLLEN KNABEN GEFILMT HABE, ALS SIE DAS GANZE AUSBALDOWERT HABEN! MEIN NAME IST BENDER, UND ICH STEHE FÜR ALLE ZEITSCHRIFTENCOVER UND REALITY SHOWS ZUR VERFÜGUNG, DIE EINE MILLION ODER MEHR LÖHNEN! UND FÜR GASTAUFTRITTE IN SOAPS!
√2-NEWS ZEIGT IHNEN BENDERS VIDEO EXKLUSIV, AUSSERDEM KLÄREN WIR MITTELS MODERNSTER STIMMANALYSE, MIT WEM DER TEUFEL ZUSAMMENARBEITET -- NACH DIESER WERBEPAUSE!

DANKE FÜR IHRE HILFE, WERTER HERR. SIE HABEN MORBOS WEIHNACHTEN GERETTET. WENN WIR JETZT DIESES VIDEO HABEN KÖNNTEN...
ICH HAB'S HIER DRIN...
NICHT SO SCHNELL!
PRÄSIDENT NIXONS KOPF!
HALLO, BENDER. GUTE ARBEIT, WIE SIE DEN RUCHLOSEN PLAN DES TEUFELS VEREITELT HABEN. IHR LAND IST STOLZ AUF SIE.
DANKE, MR. PRÄSIDENTENKOPF, SIR!
VERZEIHEN SIE DIE FRAGE, ABER WAS TUN SIE HIER, SIR?
ICH WAR MIT MEINEM FREUND MORBO ZUM ABENDESSEN VERABREDET, ABER ICH FÜRCHTE, DAS MUSS WARTEN!
BENDER, DIESES VIDEO IST EINE SACHE DER GLOBALEN SICHERHEIT. SIE UND IHRE FREUNDE KÖNNTEN IN GEFAHR SEIN. SO WICHTIG ES AUCH IST, DIESES BAND SCHNELLSTENS ZU SENDEN, MÜSSEN WIR ZUALLERERST SIE VOR SCHADEN BEWAHREN!
WIE WOLLEN SIE DAS ANSTELLEN?
WIR ÜBERTRAGEN DIE AUSSTRAHLUNG VOM WEISSEN HAUS AUS VIA SATELLIT AN √2-NEWS, DORT KÖNNEN MEINE MÄNNER SIE BESCHÜTZEN. DRUNTEN WARTET EINE HOVER-LIMO.
EXIT

GLEICH DARAUF...
BIS DANN!
WOW, EINER MEINER LEBENSTRÄUME GEHT IN ERFÜLLUNG! ENDLICH ERFAHRE ICH, WIE MAN AUF EINER 40.000-DOLLAR-KLOBRILLE SITZT!
I ♥ SANTA
JA, EIN RICHTIGER GLÜCKSFALL. SICHERER ALS HIER KANN MAN KAUM SEIN!
WHHNNNN!
ENTSPANNT EUCH UND BETRACHTET ES ALS EURE GANZ PERSÖNLICHE HIMMELFAHRT!
SSSSSS!
GAS! WIR MÜSSEN HIER RAUS!
AHHHHH! DER WEIHNACHTS-MANN!
SCHUMP!
SCHUMP!
SINNLOS! DIE TÜREN SIND FESTER ZU ALS MEIN MUND BEI KIEFERSPERRE!
SORRY, ALTER, ABER ICH BIN EIN RO-BOTER. DEINE KLEINEN GASTRICKS ZIEHEN BEI MIR NICHT...
SOLL MIR RECHT SEIN.
YAGHYAGHYAGHYAGH!
BRITZEL!
SCHLAFT SCHÖN, KINDERLEIN. IHR HABT EINE LANGE NACHT VOR EUCH! HO, HO, HO!

SPÄTER AM ABEND...
WHUH? W-WAS IST PASSIERT? WO BIN ICH?
DU BIST IN DEN *EINGEWEIDEN DER HÖLLE*, BENDER!
HAHAHAHAHAHA!!!

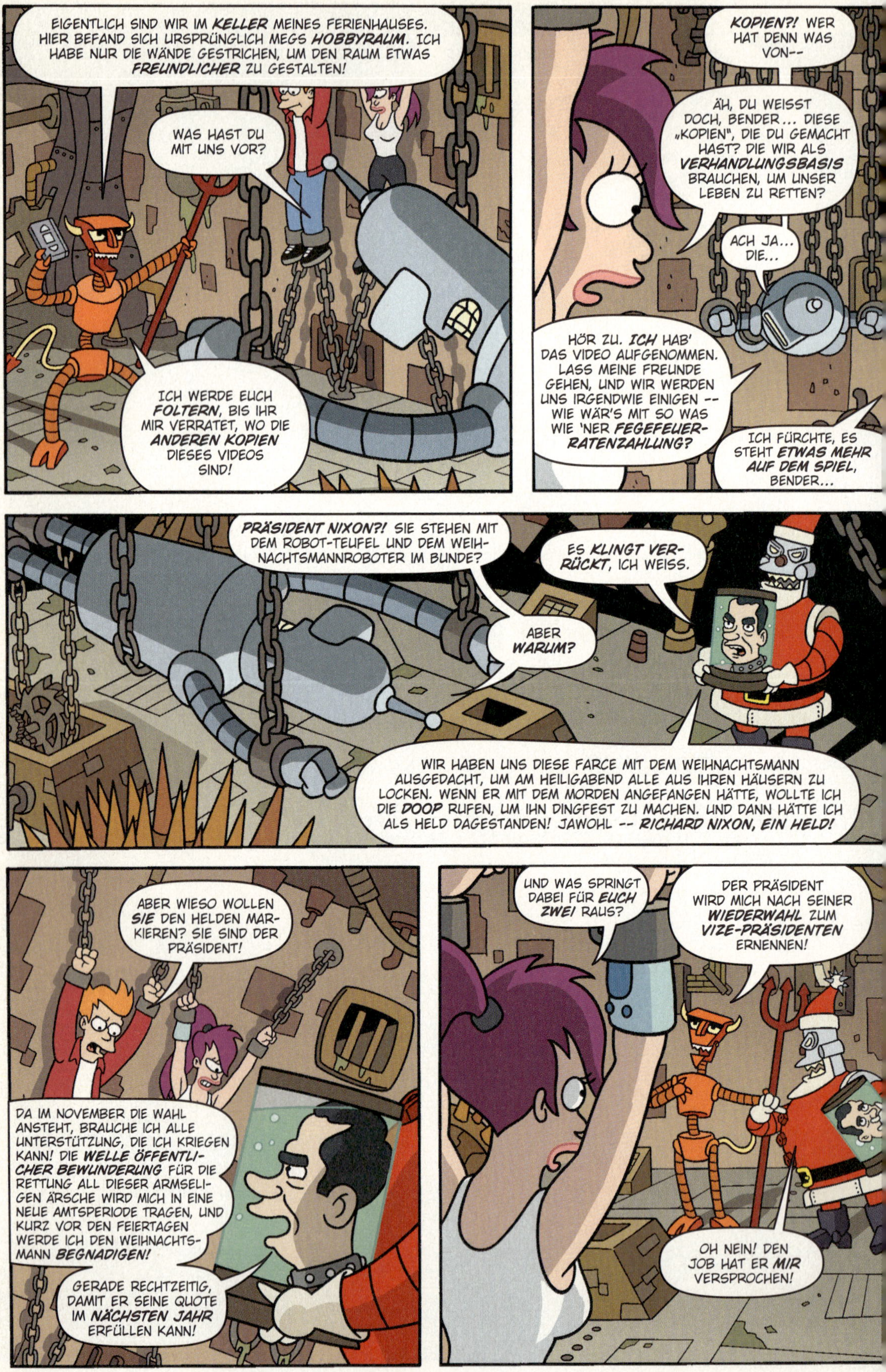
EIGENTLICH SIND WIR IM KELLER MEINES FERIENHAUSES. HIER BEFAND SICH URSPRÜNGLICH MEGS HOBBYRAUM. ICH HABE NUR DIE WÄNDE GESTRICHEN, UM DEN RAUM ETWAS FREUNDLICHER ZU GESTALTEN!
WAS HAST DU MIT UNS VOR?
ICH WERDE EUCH FOLTERN, BIS IHR MIR VERRATET, WO DIE ANDEREN KOPIEN DIESES VIDEOS SIND!
KOPIEN?! WER HAT DENN WAS VON--
ÄH, DU WEISST DOCH, BENDER... DIESE „KOPIEN", DIE DU GEMACHT HAST? DIE WIR ALS VERHANDLUNGSBASIS BRAUCHEN, UM UNSER LEBEN ZU RETTEN?
ACH JA... DIE...
HÖR ZU. ICH HAB' DAS VIDEO AUFGENOMMEN. LASS MEINE FREUNDE GEHEN, UND WIR WERDEN UNS IRGENDWIE EINIGEN -- WIE WÄR'S MIT SO WAS WIE 'NER FEGEFEUER-RATENZAHLUNG?
ICH FÜRCHTE, ES STEHT ETWAS MEHR AUF DEM SPIEL, BENDER...
PRÄSIDENT NIXON?! SIE STEHEN MIT DEM ROBOT-TEUFEL UND DEM WEIHNACHTSMANNROBOTER IM BUNDE?
ES KLINGT VERRÜCKT, ICH WEISS.
ABER WARUM?
WIR HABEN UNS DIESE FARCE MIT DEM WEIHNACHTSMANN AUSGEDACHT, UM AM HEILIGABEND ALLE AUS IHREN HÄUSERN ZU LOCKEN. WENN ER MIT DEM MORDEN ANGEFANGEN HÄTTE, WOLLTE ICH DIE DOOP RUFEN, UM IHN DINGFEST ZU MACHEN. UND DANN HÄTTE ICH ALS HELD DAGESTANDEN! JAWOHL -- RICHARD NIXON, EIN HELD!
ABER WIESO WOLLEN SIE DEN HELDEN MARKIEREN? SIE SIND DER PRÄSIDENT!
DA IM NOVEMBER DIE WAHL ANSTEHT, BRAUCHE ICH ALLE UNTERSTÜTZUNG, DIE ICH KRIEGEN KANN! DIE WELLE ÖFFENTLICHER BEWUNDERUNG FÜR DIE RETTUNG ALL DIESER ARMSELIGEN ÄRSCHE WIRD MICH IN EINE NEUE AMTSPERIODE TRAGEN, UND KURZ VOR DEN FEIERTAGEN WERDE ICH DEN WEIHNACHTSMANN BEGNADIGEN!
GERADE RECHTZEITIG, DAMIT ER SEINE QUOTE IM NÄCHSTEN JAHR ERFÜLLEN KANN!
UND WAS SPRINGT DABEI FÜR EUCH ZWEI RAUS?
DER PRÄSIDENT WIRD MICH NACH SEINER WIEDERWAHL ZUM VIZE-PRÄSIDENTEN ERNENNEN!
OH NEIN! DEN JOB HAT ER MIR VERSPROCHEN!

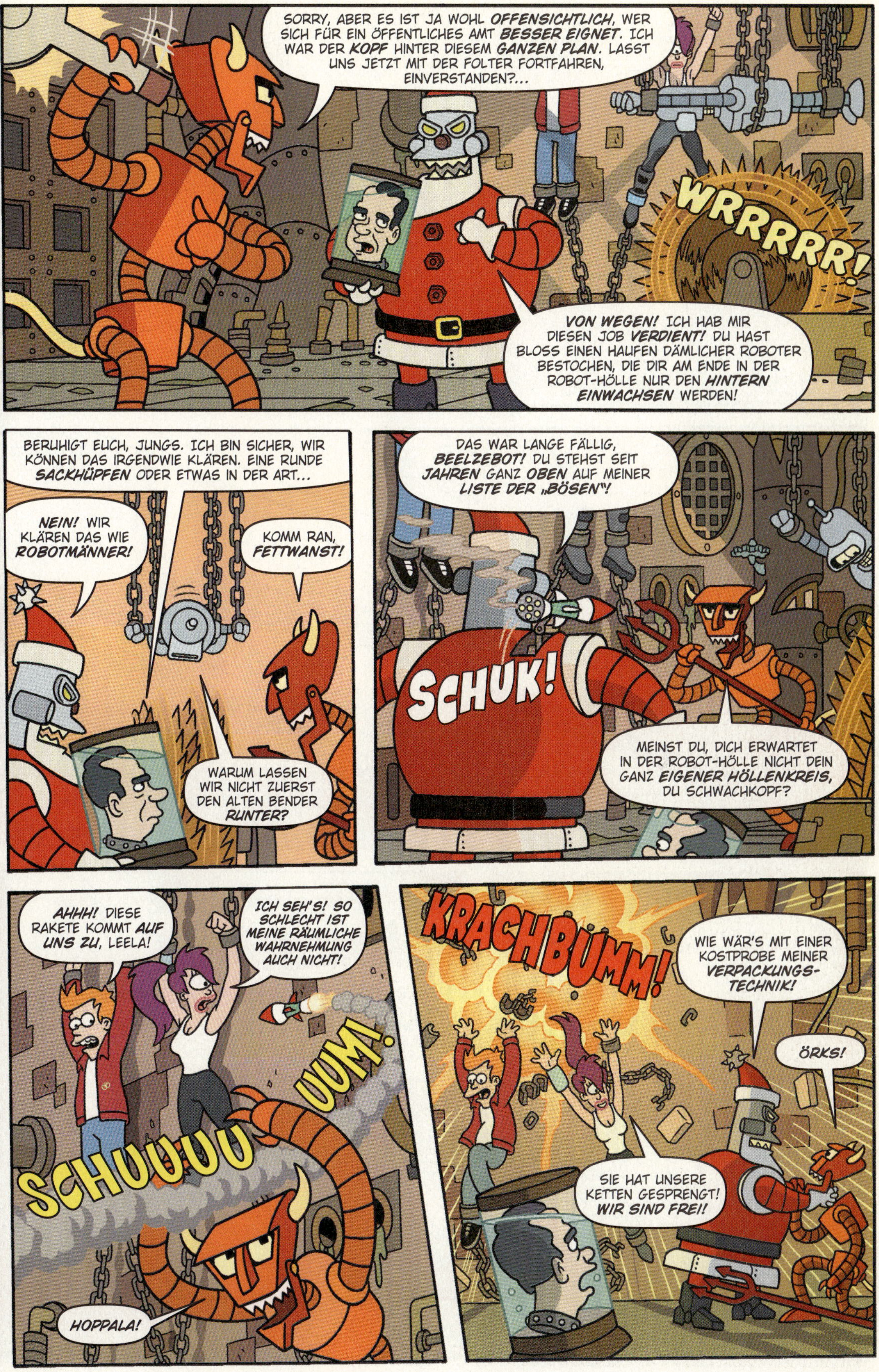
SORRY, ABER ES IST JA WOHL OFFENSICHTLICH, WER SICH FÜR EIN ÖFFENTLICHES AMT BESSER EIGNET. ICH WAR DER KOPF HINTER DIESEM GANZEN PLAN. LASST UNS JETZT MIT DER FOLTER FORTFAHREN, EINVERSTANDEN?...
WRRRRRR!
VON WEGEN! ICH HAB MIR DIESEN JOB VERDIENT! DU HAST BLOSS EINEN HAUFEN DÄMLICHER ROBOTER BESTOCHEN, DIE DIR AM ENDE IN DER ROBOT-HÖLLE NUR DEN HINTERN EINWACHSEN WERDEN!
BERUHIGT EUCH, JUNGS. ICH BIN SICHER, WIR KÖNNEN DAS IRGENDWIE KLÄREN. EINE RUNDE SACKHÜPFEN ODER ETWAS IN DER ART...
NEIN! WIR KLÄREN DAS WIE ROBOTMÄNNER!
KOMM RAN, FETTWANST!
WARUM LASSEN WIR NICHT ZUERST DEN ALTEN BENDER RUNTER?
DAS WAR LANGE FÄLLIG, BEELZEBOT! DU STEHST SEIT JAHREN GANZ OBEN AUF MEINER LISTE DER „BÖSEN"!
SCHUK!
MEINST DU, DICH ERWARTET IN DER ROBOT-HÖLLE NICHT DEIN GANZ EIGENER HÖLLENKREIS, DU SCHWACHKOPF?
AHHH! DIESE RAKETE KOMMT AUF UNS ZU, LEELA!
ICH SEH'S! SO SCHLECHT IST MEINE RÄUMLICHE WAHRNEHMUNG AUCH NICHT!
SCHUUUUUUUM!
HOPPALA!
KRACHBUMM!
WIE WÄR'S MIT EINER KOSTPROBE MEINER VERPACKUNGS-TECHNIK!
ÖRKS!
SIE HAT UNSERE KETTEN GESPRENGT! WIR SIND FREI!

BENDER WIRD'S GLEICH ZERFETZEN! WAS SOLLEN WIR TUN?
O GOTTCHEN! GLEICH TUT'S WEH!
ON
LOS, LEELA. ALL DIESE EINSAMEN NÄCHTE MIT DART WERFEN IN O'GLOGNAX' PUB KÖNNEN NICHT UMSONST GEWESEN SEIN!
FSHHWIEE!
CHUK!
OFF
MAMI.
GESCHAFFT!
KOMM SCHON, BENDER! WIR MÜSSEN HIER RAUS!
ICH SCHWÖRE, DIES JAHR BESORG' ICH EUCH GANZ BESTIMMT GESCHENKE, LEUTE! UND ICH WERD' SIE NICHT MAL STEHLEN!
WARTET! LASST MICH NICHT HIER BEI DIESEN IRREN!
WIESO NICHT? SIE WOLLTEN ALLE UMBRINGEN! WIR WERDEN DIE POLIZEI RUFEN UND SIE BLOSSSTELLEN!
NEIN! NUR DAS NICHT! ICH TU ALLES! ICH GEBE EUCH EIN EIGENES LAND! EINEN EIGENEN PLANETEN! WAS IMMER IHR WOLLT!

ICH WEISS WAS BESSERES. HEB IHN AUF, BENDER. DER PRÄSIDENT VERBRINGT HEILIGABEND MIT UNS!
SPÄTER AM ABEND...
HEUTE NACHT, EBENEZER OMICRONIAN, WERDEN DICH SECHS GEISTER AUFSUCHEN UND DIE ANKUNFT VON ZOMBIE-JESUS ANKÜNDIGEN! LEB WOHL!
HALLO! DU MUSST DER GEIST VON PRÄSIDENT NIXONS KOPF SEIN!
ICH BIN PRÄSIDENT NIXONS KOPF, DU DRECKIGER, ROTER KOMMUNIST!
KLATSCH!
KLATSCH!
KLATSCH!
BENDER, ES WAR ECHT TAPFER VON DIR, DIESES VIDEO ZU MACHEN. ICH BIN STOLZ AUF DICH, KUMPEL.
ÄHM, ICH MUSS EUCH ETWAS GESTEHEN. ICH HABE MEINE KAMERA IRGENDWIE NICHT IN „SCHWUNG" GEKRIEGT, WENN IHR VERSTEHT...
DU MEINST, AUF DEM BAND WAR NICHTS DRAUF? DU HAST DEN ROBOT-TEUFEL GEBLUFFT, DEN WEIHNACHTSMANN UND PRÄSIDENT NIXON, WEIL DEINE „KAMERA" NICHT --
SCHON GUT, BENDER. DAS PASSIERT MIR AUCH IN NEUN VON ZEHN FÄLLEN.
NA JA, WIR HABEN DEN TAG TROTZDEM GERETTET. SO GESEHEN KÖNNTE ICH MIR KEIN BESSERES GESCHENK WÜNSCHEN. FROHE WEIHNACHTEN, JUNGS!
EUCH AUCH FROHE WEIHNACHTEN!
SCHIEB DIR'N TANNENZAPFEN REIN, FRY! ZEIT FÜR DAS GROSSE FINALE!
...UND ALLEN EIN FROHES FEST!

ERIC ROGERS AUTOR | SCOTT MORSE ZEICHNER | PHYLLIS NOVIN TUSCHE | NATHAN KANE FARBEN | BILL MORRISON US-REDAKTION | MATT GROENING CHEF-PLATZANWEISER

UND SPÄTER...
JIPPIIEE! JAA! AUF SIE!
DER BLOB FRISST DIE GANZE STADT! JEMINE, WIR SIND VERLOREN!
NOCH SPÄTER...
DER BLOB IST TOT! ES IST WIEDER SICHER, DEN „HOP" ZU TANZEN UND PETTICOATS ZU TRAGEN!
HEY, GUCKT EUCH DEN DA AN! UUH, BIBBER! „DER BLOB" MUSS DER COUSIN VON DIESEM TYPEN GEWESEN SEIN! HAT JEMAND EIN PUDDINGFÖRMCHEN DABEI, DAMIT ICH MICH VERTEIDIGEN KANN?
ENDE?
AM ABEND...
WARUM ISST DU DENN DEIN ABENDBROT NICHT, SCHATZ?
OCH, ICH HAB MICH IM KINO SCHON MIT JUNKFOOD VOLL GESTOPFT ...
ENDE

WÄHREND DER ARBEIT AN DIESEM HEFT KAMEN KEINE ZEICHENTRICKFIGUREN ZU SCHADEN!
D: € 2,30
A: € 2,60
CH: sfr 4,50
NL, B, L: € 2,75
I, E, P (cont): € 3,20
GR: € 3,70
E 56855
BONGO COMICS GROUP
Dino
FUTURAMA
COMICS
8
FEB 03
FUTURAMA COMICS
HASTA LA VISTA, FLEISCHKLOPS!
GE-LIEFERT!
© 2002 Bongo Entertainment, Inc. All Rights Reserved. Futurama © and TM Twentieth Century Fox Film Corporation. All Rights Reserved
MATT GROENING

SILVESTER 3001. 23:45 UHR UND 58 SEKUNDEN...
3001
TJA, DAS WAR'S DANN WOHL! JETZT BLEIBT MIR NUR NOCH DER SPRUNG!
TOD STATT BÖLLER!
ERIC ROGERS AUTOR
JOHN DELANEY ZEICHNUNGEN
PHYLLIS NOVIN TUSCHE
ART VILLANUEVA, RICK REESE FARBEN
BILL MORRISON US-REDAKTION
MATT GROENING DIE ZEITMASCHINE
AAAAAAAAAAAAAAAAAAAH!
3001
11:4
MOM

AAAAAAAAAAAAAAH!
KEUCH!
BOING!
HA HA HA... HÜPFLI, DER SCHWAMMIGE TV-STAR MIT DEM HERZEN EINES FLUMMIES, HAT SOEBEN SEINEN JÄHRLICHEN SPRUNG VON HOCH ÜBER DEM TIMES SQUARE MIT ERFOLG AUSGEFÜHRT!
WERDEN WIR ES JE LEID SEIN, ZUZUSEHEN, WIE ER SICH MÖGLICHERWEISE ZU TODE STÜRZT? ICH WILL ES NICHT HOFFEN!
KLATSCH! KLATSCH! KLATSCH! KLATSCH!
YEAH!
JUCHUUH!
WUUSCH!
HEEEEEYYYY!
ICH GEBE JETZT AB AN NICK CLARK, DER FÜR SEINEN URURURURURURURUR-GROSSVATER EINSPRINGT: DICK CLARKS KOPF!
DANKE, LINDA. MEIN BERÜHMTER VORFAHR HAT LEIDER KOPFSCHMERZEN. UND WENN DER GANZE KÖRPER NUR AUS KOPF BESTEHT, IST DAS WIRKLICH VERDAMMT SCHMERZHAFT.
IN DIESEM JAHR WURDE DIE TRADITIONELLE KUGEL ÜBER DEM TIMES SQUARE VON PROFESSOR HUBERT FARNSWORTH NEU GESTALTET.
DIESE NEUE KUGEL VERBRAUCHT ÜBER EINE MILLION GIGAVOLT ATOMSTROM UND IST SOMIT EIN MOLOTOWCOCKTAIL AUS LASERENERGIE, WASSERSTOFF UND ERDGAS VON SOLCHER EXPLOSIVITÄT, DASS EIN EINFACHES STREICHHOLZ IHN HOCHGEHEN LASSEN KÖNNTE UND DIE GESAMTE OSTKÜSTE EINÄSCHERN WÜRDE...
...UND GENAU DAS MACHT DAS DING SO VERDAMMT WUNDERVOLL!

DERWEIL BEIM PLANET EXPRESS...
SEHT EUCH ALL DIE LEUTE DA UNTEN AN, DIE ZUSAMMENGEDRÄNGT AUF DER STRASSE STEHEN, WIE EIN RIESIGES BLUTGERINNSEL IM CHOLESTERINVERSTOPFTEN HERZ VON NEU-NEW YORK!
KLAPPE, FRY! ICH HABE GUTE NEUIGKEITEN ZU VERKÜNDEN!
SCHNÜFF! SCHNÜFF!
ES GEHT NICHT ZUFÄLLIG DARUM, DASS SIE DIE NEUE KUGEL ERFUNDEN HABEN, DIE UM MITTERNACHT ÜBER DEM TIMES SQUARE ABGESENKT WIRD, ODER?
GUTE NEUIGKEITEN IHR LIEBEN! HERMES HAT RECHT, WAS MEINE GUTEN NEUIGKEITEN BETRIFFT!
HEY, EIN BLINKENDES ROTLICHT -- HEISST DAS NICHT, DASS WIR GLEICH STERBEN WERDEN?
ENTWEDER DAS, ODER DER KAFFEE LÄUFT DURCH!
ABER NICHT DOCH! DAS BEDEUTET NUR, DASS ICH GLEICH LIVE ÜBER DIESE SATELLITEN-KAMERA INTERVIEWT WERDE.
WIR SCHALTEN JETZT LIVE ZUM ERFINDER DIESER SCHÖNEN, NEUEN KUGEL: PROFESSOR HUBERT FARNSWORTH!
FROHES NEUES JAHR, PROFESSOR!
UND IHNEN EIN NOCH EBENSO FROHES, MISTER--
PROF. HUBERT FARNSWORTH
KUGEL-INGENIEUR
NANU?
CLUNK!

MEIN LICHT!
MEINE STEREO-ANLAGE!
MEIN APPARAT FÜR SONDENUNTER-SUCHUNGEN!
WAS IST DENN LOS?
MEINE SCHLIMMSTE BEFÜRCHTUNG HAT SICH BEWAHRHEITET! MEINE KUGEL HAT ZU VIEL ENERGIE VERBRAUCHT. ICH FÜRCHTE, WIR HABEN EINEN STROMAUSFALL IN DER GANZEN STADT VERURSACHT.
DANN DREHEN WIR EBEN DIE SICHERUNG WIE-DER REIN. WEISS JEMAND, WO DER KASTEN IST?
NEIN, FRY. DAS HEISST, WIR HABEN ÜBERHAUPT KEINEN STROM MEHR!
STROMAUSFALL, SAGST DU? DA WIRD TASCHENDIEBSTAHL AM TIMES SQUARE JA NOCH EINFACHER...
ABER WENN DIE KUGEL AM TIMES SQUARE NICHT HERUNTERGELASSEN WIRD, KÖNNEN WIR NICHT SILVESTER FEIERN! DAS IST TRADITION, GENAU WIE GETROCKNETER HAFERSCHROT ZUM NEUJAHRSFRÜHSTÜCK!
WIR KÖNNEN DOCH TROTZDEM FEIERN, LEUTE! SCHLIESSLICH HABEN WIR DOCH NOCH UNSERE UHREN, STIMMT'S? DAMIT WISSEN WIR, WENN'S MITTER-NACHT IST.

FRY, SILVESTER OHNE DIE KUGEL IST WIE WEIHNACHTEN OHNE TODESANGST!
WIE DER MOND OHNE ZUCKERWATTE!
WIE EIN WAHNSINNIGER WISSENSCHAFTLER OHNE ARGLOSEN GROSSONKEL, AN DEM ER SEINE ERFINDUNGEN TESTEN KANN, WÄHREND ER SCHLÄFT!
ABER WIR HABEN DOCH EINANDER! WIR KÖNNTEN ETWAS SPIELEN ODER LIEDER SINGEN! OOH, ODER WIE NEULICH, ALS WIR DIESEM FERNSEHDINGS-BUMS, DAS DER PROFESSOR ERFUNDEN HAT, „WAS WÄRE, WENN"-FRAGEN GESTELLT HABEN?
HEY, ICH WEISS EINE: „WAS WÄRE, WENN FRY SICH UMSCHAUEN UND MERKEN WÜRDE, DASS WIR KEINEN STROM HABEN?" WIE SOLL DIE KISTE OHNE ELEKTRIZITÄT LAUFEN? SILVESTER IST RUINIERT! RUINIERT!
DAS IST ES! ABER DEN WAS-WÄRE-WENN-APPARAT KÖNNEN WIR TROTZDEM BENUTZEN...
SCHEPPERKLIRR!
HIER IST ER!
WIE KOMMT ES, DASS ER FUNKTIONIERT?
HHHUUUMMMM!
ER LÄUFT MIT STROM ODER BATTERIEN, FÜR DEN FALL, DASS WIR IHN MAL MIT AN DEN STRAND NEHMEN WOLLEN ODER IN EINE ERDBEBEN-NOTAUSRÜSTUNG PACKEN MÜSSEN! ALSO, WER FÄNGT AN?
ICH HAB' DIE HAMMERFRAGE! DA FRY IMMERZU VON SEINEM GLORREICHEN 20. JAHRHUNDERT SCHWAFELT, FRAGE ICH MICH... „WAS WÄRE, WENN ICH ZURÜCK INS JAHR 1999 REISEN WÜRDE?"
AAAH!
OOOH!
-RRÜÜÜLPS!-

SILVESTER 1999, NEW YORK CITY...
„...DER GUT AUSSEHENDE TYP MIT DEM ORANGEFARBENEN HAAR TAUCHTE WIE AUS DEM NICHTS AUF. ER STAND VOR DEN ÜBERLEBENDEN DER APOKALYPSE UND BEGRÜSSTE SIE MIT EINEM RÄTSELHAFTEN 'WAS LÄUFT?' ..."
KLAK! KLAK! KLAK! KLAK!
FRY, HÖR AUF, AN DIESER BLÖDEN STORY ZU SCHREIBEN, UND MACH DICH FERTIG! DAS JAHR 2000 FEIERT MAN NUR EINMAL IM LEBEN!
ICH KANN JETZT NICHT AUFHÖREN, MICHELLE! ICH BIN GRAD IN DER „KREATIVEN SPHÄRE"! AUSSERDEM IST DAS MEIN ABSCHLUSSEXAMEN FÜR DEN SCHREIBKURS AM CONEY ISLAND COMMUNITY COLLEGE.
DAS WAR VOR SECHS WOCHEN FÄLLIG!
DIE MUSE LÄSST SICH NICHT HETZEN.
KLAK! KLAK!
SCHÖN! WENN DU DEN BEGINN EINES NEUEN JAHRTAUSENDS DAMIT VERBRINGEN WILLST, EINE BEKNACKTE STORY ZU SCHREIBEN, AMÜSIERE ICH MICH EBEN ANDERSWO! VIELLEICHT WEISS MEIN „FREUND" JEAN-CLAUDE VON GEGENÜBER, WO MAN SPASS HABEN KANN!
ICH LIEBE DICH AUCH.
KNALL!
NUR NOCH EIN PAAR SEITEN, DANN KANN ICH DEN 24-STUNDEN-„NOCH FRAGEN ARNOLD?"-MARATHON IM FERNSEHEN GUCKEN...
KNABBER!
KLAK! KLAK!
KLINGEL!
HALLO?
KLAK! KLAK! KLAK! KLAK!
FRY, HIER IST DEIN CHEF, MR. PANUCCI! DU MUSST HERKOMMEN UND ARBEITEN. ICH HABE SONST KEINEN, DER DIE PIZZAS AUSLIEFERT!
ABER ICH WOLLTE DOCH HEUTE ABEND FREI HABEN!
HEY, ICH WOLLTE ZU WEIHNACHTEN 'NE RÜCKENENTHAARUNG UND SO 'NEN SINGENDEN FISCH, ABER HAB ICH'S GEKRIEGT? NEIN! ALSO SCHWING DEINEN HINTERN HER!
JA, SIR.

IN EINER NAHEN GASSE...
ZZZZZZZAP!
HAUSBESETZUNG FÜR DUMMIES
WAS ZUM?...
OHHHH ...
DU... DU BIST EIN ROBOTER?! GOTT HAT MEINE GEBETE ERHÖRT!
BIST DU PHILIP J. FRY?
NEIN, ICH BIN MORT, DEIN NEUER HERR. GEMEINSAM WERDEN WIR DIE UNGLÄUBIGEN ZERMANSCHEN, DIE MICH IRRE NANNTEN, ALS ICH EINE GESELLSCHAFT PROPHEZEITE, DIE VON DEINEN MECHANISCHEN BRÜDERN GEFÜHRT WIRD!
BESTÄTIGUNG SUBJEKT PHILIP J. FRY...NEGATIV
ABER IMMER DER REIHE NACH... ICH BRAUCHE EINE PHASER-WAFFE UND EIN SCHICKES OUTFIT. IRGENDWAS, DAS NACH „HERR DES UNIVERSUMS" AUSSIEHT, ABER KNITTERFREI UND ATMUNGSAKTIV IST...
HEY, WAS MACHST DU DA?
VORGEHENSWEISE? ...BENDERNIEREN
BRRITZEL!
YAAARRRRGH!

UND AUF DER ANDEREN SEITE DER STADT...
ZZZZZZZZZZZAP!
CONEY ISLAND COMMUNITY COLLEGE
OHHH... WO BIN ICH?
IST DAS DIE VERGANGENHEIT?
CONEY ISLAND COMMUNITY COLLEGE
CONEY ISLAND COMMUNITY COLLEGE? ICH HAB'S GESCHAFFT! HIER GEHT FRY ZUR SCHULE!
ICH HAB'S DOCH GESAGT, TINA: WIR HABEN VIEL ZU VIEL AN, UM AN DIESER SCHULE EINSER ZU KRIEGEN.
IN DER VORLESUNG „LAP DANCING 1X1"...
HEUTE BEFASSEN WIR UNS MIT DEN REICHEN WURZELN UNSERER STRIP-KULTUR. WIR BEGINNEN MIT DEM ALLERERSTEN LAP DANCE ÜBERHAUPT, GETANZT VON POCAHONTAS. SCHLAGT DAZU KAPITEL 2 AUF ...
ÄH, VERZEIHEN SIE ...
LAP DANCING 1X1
JUNGE DAME, SIE KENNEN DOCH DIE KLEIDERORDNUNG!
SIE MÜSSEN MINDESTENS 12 ZENTIMETER HOHE PUMPS TRAGEN, WENN SIE DIESES KLASSENZIMMER BETRETEN!
LAP DANCING 1X1
NEIN, ICH BIN KEIN SCHÜLER. ICH SUCHE VIELMEHR EINEN -- PHILIP J. FRY?

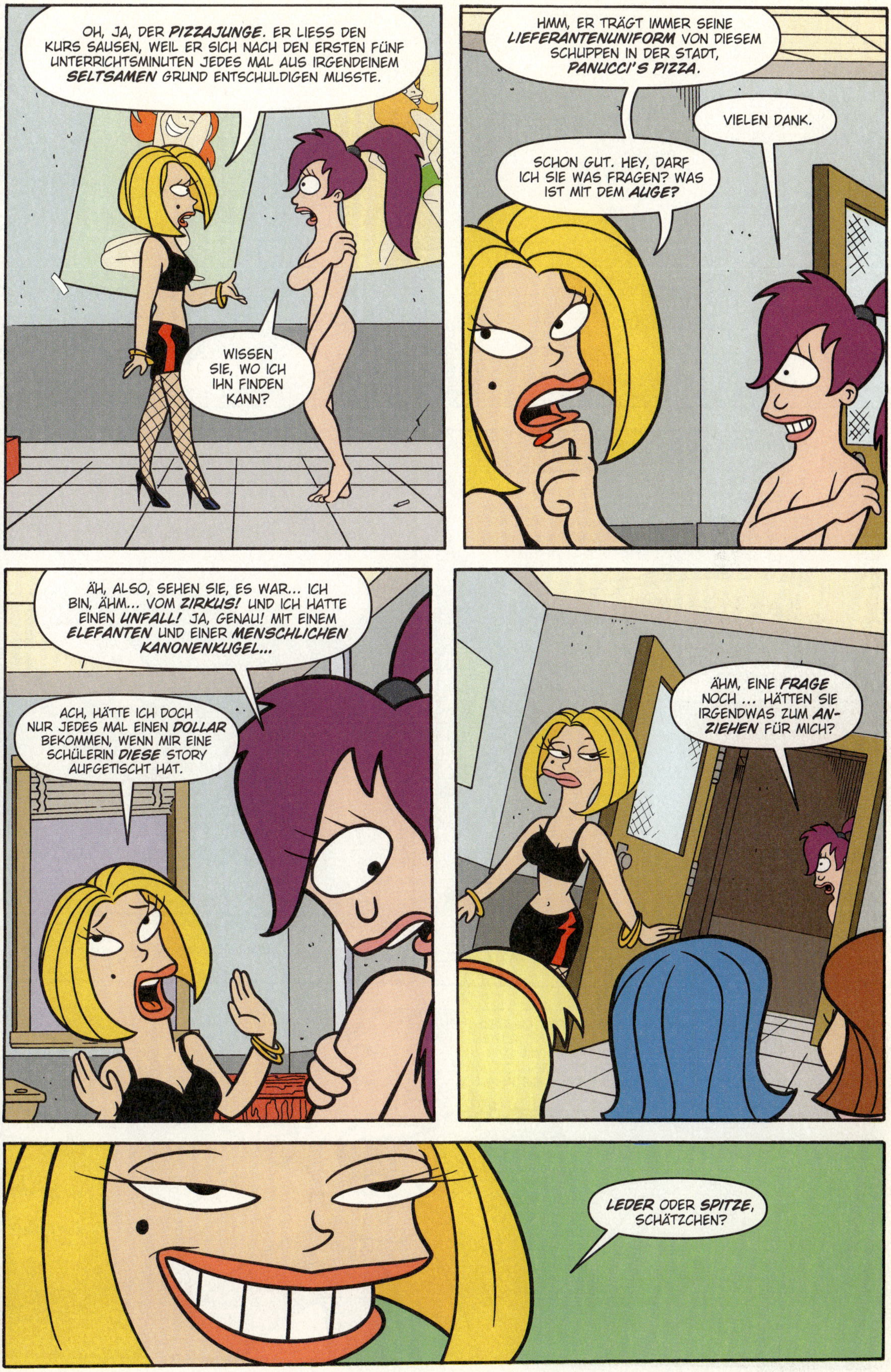
OH, JA, DER *PIZZAJUNGE.* ER LIESS DEN KURS SAUSEN, WEIL ER SICH NACH DEN ERSTEN FÜNF UNTERRICHTSMINUTEN JEDES MAL AUS IRGENDEINEM *SELTSAMEN* GRUND ENTSCHULDIGEN MUSSTE.
WISSEN SIE, WO ICH IHN FINDEN KANN?
HMM, ER TRÄGT IMMER SEINE *LIEFERANTENUNIFORM* VON DIESEM SCHUPPEN IN DER STADT, *PANUCCI'S PIZZA.*
VIELEN DANK.
SCHON GUT. HEY, DARF ICH SIE WAS FRAGEN? WAS IST MIT DEM *AUGE?*
ÄH, ALSO, SEHEN SIE, ES WAR... ICH BIN, ÄHM... VOM *ZIRKUS!* UND ICH HATTE EINEN *UNFALL!* JA, GENAU! MIT EINEM *ELEFANTEN* UND EINER *MENSCHLICHEN KANONENKUGEL...*
ACH, HÄTTE ICH DOCH NUR JEDES MAL EINEN *DOLLAR* BEKOMMEN, WENN MIR EINE SCHÜLERIN *DIESE* STORY AUFGETISCHT HAT.
ÄHM, EINE *FRAGE* NOCH ... HÄTTEN SIE IRGENDWAS ZUM *ANZIEHEN* FÜR MICH?
LEDER ODER *SPITZE,* SCHÄTZCHEN?

SPÄTER BEI PANUCCI'S PIZZA...
HEY, FRY! HÖRE AUF ZU PENNE UND SCHWING DEINE FETTUCINI DA RAUS. DIE PIZZAS MÜSSEN WEG!
SOFORT, MR. PANUCCI! ICH MUSS NUR NOCH MEINE GESCHICHTE FERTIG SCHREIBEN!
KLAK! KLAK!
SO! MEIN MEISTERWERK IST VOLLENDET!
WILLST DU SO 'NE GROSSE NUMMER WERDEN WIE DIE KERLS, DIE DIESE BRÜLLKOMISCHEN WITZE FÜR'S MAD-MAGAZIN SCHREIBEN?
SO ÄHNLICH. ICH WEISS NICHT, WIESO, ABER ICH HAB DAS GEFÜHL, DASS DIESE STORY SO WAS WIE MEIN VERMÄCHTNIS IST -- ETWAS, DAS IN FERNER ZUKUNFT VON BEDEUTUNG SEIN WIRD!
RITSCH!
FRY, DU MUSSTE BESSER AUFPASSEN. DEINE SCHREIBMASCHINE STAND AUF MEINEM GUTEN PIZZATEIG!
JA, SIR, MR. PANUCCI!
DING! DONG!
SIEH NACH, WER DAS IST, JA?
O MEIN GOTT! ICH HABE ZWAR SCHON GESCHICHTEN ÜBER SOLCHE WIE DICH GEHÖRT, ABER ICH HÄTTE NIE GEDACHT, DASS SIE WAHR SIND!
ANG
DES
SALA
CHAMP
$ 8.

BIST DU PHILIP J. FRY?
EIN ZIRKUS-FREAK!
O NEIN! ZUERST FRAGST DU MICH, OB ICH EINEN FREUND GEBRAUCHEN KANN, DANN GEHEN WIR ZU DIR, UND ALS NÄCHSTES WACHE ICH NACKT UND MIT HÄNDEN UND FÜSSEN ANEINANDER GEFESSELT IM BADEZIMMER NEBEN EINEM LEEREN GLAS TARTARSOSSE AUF. NEIN, DANKE, TEUERSTE. DARAUF FALLE ICH NICHT NOCH MAL REIN!
ICH BIN KEINE PROSTITUIERTE, ICH BIN... ÄH, EINE DER NEUEN PROFESSORINNEN AM CONEY ISLAND COMMUNITY COLLEGE! PROFESSOR LEELA!
ECHT? WARUM SIND SIE DANN SO ANGEZOGEN?
ÄH... WEIL'S BEQUEM IST. DAS IST EINE SEHR LIBERALE SCHULE.
DEIN PROFESSOR HAT MIR JEDENFALLS VON DER KURZGESCHICHTE ERZÄHLT, AN DER DU SCHREIBST, FRY. DIE ÜBER DIE ZUKUNFT. ICH WÜRDE SIE GERN LESEN.
NA KLASSE! ICH HAB' SIE NÄMLICH ZUFÄLLIG HIER--
FRY! DIE PIZZAS MÜSSEN RAUS! MACH SCHON!
SORRY, ABER ICH MUSS ARBEITEN. VIELLEICHT KÖNNEN WIR UNS IN DER SCHULE MAL DRÜBER UNTERHALTEN.
WARTE! ICH WILL ERST NOCH DEINE GESCHICHTE LESEN!

PANUCCI'S
LADY, ICH MUSS LOS. WENN SIE *WIRKLICH* MIT MIR REDEN WOLLEN, KÖNNEN SIE MIR JA BEIM AUSLIEFERN HELFEN, OKAY?
FRY, DAS KANN ICH NICHT ZULASSEN! DAS SCHICKSAL DER MENSCHHEIT *HÄNGT VON DIR AB!*
HEY, ICH WEISS, WORUM ES HIER GEHT...
ACH JA?
KLAR. SIE WOLLEN MICH IM NÄCHSTEN SEMESTER IN *IHRER* KLASSE HABEN, PROFESSOR LEELA. ABER DA ICH SCHON *„LAP DANCING 1X1"* UND DEN *WORKSHOP „GRUNDLAGEN DER HYGIENE"* BELEGT HABE, BLEIBT MIR DAFÜR LEIDER KEINE ZEIT. VIELLEICHT IM NÄCHSTEN JAHR.
BIS NEU-LICH!
DIE *GESCHICHTE!* OH, WENN ICH NUR MEINE NIKE-*LAUFPUMPS* AUS DER ZUKUNFT HÄTTE!

KURZ DARAUF BEI ANGEWANDTE KRYOGENIK ...
FRY, WARTE! GEH NICHT DA REIN!
ICH MUSS DAS KRYOGENIK-LABOR VOR FRY ERREI-CHEN!
FROHES NEUES JAHR!
TREPPE
A LITTLE BIT OF BLA BLA IN MY LIFE, A LITTLE BIT OF DINGEL DONGEL BY MY SIDE...
SKRITCH! SKRITCH!
FRY! STOP!
EINE PIZZA FÜR...
I.C. WIENER... O NEIN!
DU BIST EIN TOTER MANN, FRY!...

AAAH!
DU BIST EIN... EIN...
EIN ROBOTER! EIN BIEGEROBTER, UM GENAU ZU SEIN! UND ICH KOMME AUS DEM JAHR 3001, UM DICH ZU FINDEN!
WAS? WIESO MICH? ICH KANN NICHT MAL BIS 3001 ZÄHLEN!
STIMMT. UND FALLS DU DICH FRAGST, WOHER ICH DAS WEISS: ICH BIN IN DER ZUKUNFT DEIN BESTER FREUND, FRY. UND DU WIRST EIN TOTER MANN SEIN ...
...ES SEI DENN, DU KOMMST MIT MIR!
HÖR NICHT AUF IHN, FRY!
WAS ZUM TEUFEL GEHT HIER VOR?
ICH BIN HIER, UM DICH VOR DEM BENDERNATOR ZU RETTEN, FRY! ER WILL DICH UND DEINE GESCHICHTE VERNICHTEN, DAMIT SIE NIEMALS IN DIE ZUKUNFT GELANGT!
ABER WAS HAT MEINE GESCHICHTE MIT DER ZUKUNFT ZU TUN?
„IM JAHR 2943 WIRD DIE MENSCHHEIT DURCH EINEN NUKLEAREN HOLOCAUST KOMPLETT AUSGELÖSCHT, BIS AUF EIN PAAR REBELLEN, DIE ES IN DEN UNTERGRUND SCHAFFEN. ROBOTER ÜBERNEHMEN DIE WELT UND TÖTEN JEDEN MENSCHEN, DEN SIE FINDEN. BIS DU AUFTAUCHST!"
DU WURDEST AN SILVESTER 1999 IN EINER DIESER KRYOGENIK-RÖHREN EINGEFROREN... GENAU HEUTE! 1000 JAHRE SPÄTER WACHST DU AUF UND FÜHRST DIE REBELLEN IN EINEN KRIEG GEGEN DIE MASCHINEN. DU ÜBERREDEST SOGAR EIN PAAR ROBOTER, SICH DIR ANZUSCHLIESSEN!
UND DA KOMME ICH INS SPIEL! ICH WERDE DEIN BESTER FREUND UND VERTRAUTER, WÄHREND WIR GEMEINSAM VERSUCHEN, EINE GESELLSCHAFT ZU ERRICHTEN, IN DER MENSCHEN, ROBOTER UND ALIENS HARMONISCH ZUSAMMENLEBEN.

ABER WAS HAT DAS MIT MEINER GESCHICHTE ZU TUN?
DU HATTEST DIE STORY IN DER RÖHRE BEI DIR, UND WEIL SICH NUR NOCH WENIGE MENSCHEN ERINNERN, WIE DAS LEBEN VOR DEN ROBOTERN AUSSAH, WIRD DIE GESCHICHTE ZU EINER ART DOKTRIN, NACH DER ALLE MENSCHEN LEBEN!
ALSO GIB MIR DIE STORY, FRY. DAS SCHICKSAL DER MENSCHHEIT HÄNGT DAVON AB, DASS DU SIE MIR GIBST!
TU'S NICHT, FRY! SIE WILL DICH ÜBERLISTEN! SIE IST DER WAHRE BENDERNATOR! SIE ARBEITET FÜR DIE MASCHINEN, DIE DICH UND DEINE UTOPISCHE ZUKUNFT TOT WISSEN WOLLEN!
KOMM SCHON, FRY, WEM GLAUBST DU MEHR? EINER HEISSEN BRAUT WIE MIR, DIE ES LIEBT, IN EINER WELT ZU LEBEN, IN DER JÄGERMEISTER DIE MILCHPRODUKTE IN DEN VIER NAHRUNGSGRUPPEN ERSETZT HAT, ODER IHM, EINEM MONSTRÖSEN, LASERKNARREN-SCHWINGENDEN ROBOTER AUS DER ZUKUNFT?
ABER IN MEINER GESCHICHTE STEHT NICHTS DAVON, DASS JÄGERMEISTER EINE NAHRUNGSGRUPPE WIRD!
WEIL DU DIE IDEE VON MIR HAST! DU SCHREIBST SIE DANN IN DIE VERFASSUNG DER ERDE, WENN DU ZUM PRÄSIDENTEN GEWÄHLT WIRST!
SCHLUSS JETZT! KOMM MIT MIR UND LEBE ODER STIRB HIER MIT DEM ROBOTER! EGAL WIE, ICH BEKOMME JETZT DIESE GESCHICHTE!
ABER ICH DACHTE, ICH WÄRE WICHTIG FÜR DAS ÜBERLEBEN DER MENSCHHEIT! NICHT BLOSS MEINE GESCHICHTE!
ÄH, DAS BIST DU! DESHALB MUSST DU JA MIT MIR KOMMEN, DAMIT WIR UNS UM DICH „KÜMMERN" KÖNNEN.
TJA, FRY, ICH SCHÄTZE, DU MUSST ES AUF DIE HARTE TOUR LERNEN...
ZOSCH! ZAWOSCH!

EINEN AUGENBLICK SPÄTER...
OHHHH... WAS IST PASSIERT? BIN ICH TOT?
HEY, EIN ROBOTER. ICH HAB' MIR IMMER GEDACHT, DASS GOTT SICH EIN PAAR VON EUCH HIER IM HIMMEL HÄLT. WIE SOLLTE ER SONST DIE GANZE ARBEIT SCHAFFEN?
DU BIST NICHT IM HIMMEL, FRY. DU LEBST, AUF DER ERDE, IM JAHR 1999.
MOMENT. WENN DU MICH NICHT ERSCHOSSEN HAST, WEN DANN...?
DU HAST... SIE UMGEBRACHT.
NOCH NICHT.
SIE IST...
...EIN...

...BENDERNATOR!
WAHNSINN!
ICH MEINE... O NEIN!

WIE SONST KÖNNTE EINE FRAU MIT 12 ZENTIMETER HOHEN ABSÄTZEN ZEHN BLOCKS IM SPRINT ZURÜCKLEGEN?
WAS MACHEN WIR JETZT? ICH MUSS IN EINER DIESER RÖHREN IN DIE ZUKUNFT, ODER?
ZIEL ERFASST: BENDERNIEREN NACH EIGENEM ERMESSEN
ICH FÜRCHTE, DAFÜR IST ES ZU SPÄT! DAS WIRD SIE NIE ZULASSEN!
ABER ZUM RAUCHEN IST IMMER ZEIT!
KLIRRR!
KLIRRR!
ZOSCH!
ZAWOSCH!
SFFFIIIEEE!
ZOSCH!
ZISCH!
ZAWOSCH!
KOMM, FRY! WIR MÜSSEN DICH UND DEINE GESCHICHTE HIER HEIL RAUSBRINGEN!
ALSO LOS!
IN DEN AUFZUG, FRY!
TREPPE

KURZ DARAUF...
UND WIE KOMME ICH JETZT IN DIE ZUKUNFT?
DING!
DAS SAGE ICH DIR GLEICH! DER LIFT HÄLT! LOS, HINTER MICH, BEVOR DIE TÜR AUFGEHT!
ACH JE! SIND SIE EINER DIESER STRASSENRÄUBER, VON DENEN MAN SO VIEL HÖRT?
OH, ÄH... TUT MIR LEID. DAS IST NUR EIN... SPIELZEUG. EIN HARMLOSER SILVESTER-SCHERZ...
IST JA NICHTS PASSIERT, IHR SCHLINGEL.
HÄTTEN SIE NICHT LUST, SICH EIN BISSCHEN MIT DER LETZTEN HOFFNUNG DER MENSCHHEIT ZU VERLUSTIEREN?
FRY, WARTE! MEINE SENSOREN EMPFANGEN KEINEN HERZSCHLAG!
SIE IST EIN ES!
-KEUCH!- -KEUCH!-
HER MIT DER STORY!
SO HABEN WIR NICHT GEWETTET!
LEG DICH MIT JEMANDEM AUS DEINEM JAHRHUNDERT AN! DRÜCK DEN KNOPF, FRY!
PLIK!
GEHT KLAR!

DING!
HEILIGES LASERKANONENROHR! DAS DING SCHMILZT MIR UNTER DEN HÄNDEN WEG!
KLANK!
KOMM SCHON, DU BIEGENDER ROBOTERHEINI!
ES MORPHT SCHON WIEDER! UUFF!
ACHTUNG, ICH KOMME!
BLAMM!
AUTSCH! VERFLUCHT SEI MEIN KÜNSTLICHER SCHMERZ-SENSOR!
CLANK!
LASS UNS LEINE ZIEHEN!
EINEN MOMENT DARAUF...
FOX
SAMSUNG
LOS, FRY! AUF DER SPITZE DES GEBÄUDES ONE TIMES SQUARE GIBT'S EIN ZEITPORTAL IN DIE ZUKUNFT! WIR MÜSSEN ES ERREICHEN, BEVOR ES SICH UM MITTERNACHT SCHLIESST!

„UND HALT DIE AUGEN OFFEN."
„DURCH SEINE FÄHIGKEIT ZU MORPHEN KÖNNTE DIESER BENDERNATOR JEDER VON DIESEN BESOFFENEN IDIOTEN SEIN."
HALLO? POLIZEI? ICH MÖCHTE EINE ENTFÜHRUNG MELDEN. EIN ALS ROBOTER VERKLEIDETER IRRER HAT MEINEN FREUND PHILIP J. FRY ALS GEISEL GENOMMEN. SIE SIND VOR DEM GEBÄUDE ONE TIMES SQUARE...
HEY, WIESO KANNST DU DICH NICHT SO VERWANDELN WIE DIESER ANDERE BENDERNATOR?
ER IST EIN NEUERES MODELL. FÜR MICH IST DAS NICHTS. ICH BIN DA EHER OLD SCHOOL. JETZT BLEIBT UNS NICHT MAL MEHR EINE MINUTE, UM DAS PORTAL ZU ERREICHEN!
DER AUFZUG BRAUCHT ZU LANGE! WENN WIR DOCH NUR RAKETENSCHUHE ODER EIN TRAMPOLIN HÄTTEN!
11:59:02
ICH KANN UNS HOCHBRINGEN, ABER DU MÜSSTEST IN MEINE BRUST STEIGEN.
KLEINIGKEIT. ICH HAB' MAL WEGEN EINER WETTE EIN GANZES JAHR IN EINEM TROCKNER GESCHLAFEN!
WAS HAST DU DAFÜR BEKOMMEN?
TJA, DIE GRÖSSTE FUSSELSAMMLUNG DER WELT, MEIN FREUND!

KURZ DARAUF...
BEQUEM, FRY?
ICH GLAUBE, MEINE RIPPEN SCHLITZEN MIR LEICHT INS RÜCKGRAT...
FANTASTISCH! UND AB GEHT'S!
KNALL!
SAMSUNG
DRINK Choke
11:59:41
SCHUUUUUUUUUSCH!
GESCHAFFT, FRY! JETZT SPRING IN DAS PORTAL!
the musical
NA DANN, ADIEU, NEW YORK. WIR SEHEN UNS IN 1000 JAHREN WIEDER.
NICHT, WENN DU NICHT ENDLICH DA DURCH GEHST!
HALT! HIER SPRICHT DIE POLIZEI! LASSEN SIE DEN WASCHLAPPEN MIT DEN ORANGENEN HAAREN FREI ODER WIR SCHIESSEN!
REDEN DIE MIT UNS?
ZEHN!...
O NEIN! DIE KUGEL SENKT SICH! UND WIR AUCH! WIR SIND ZU WEIT VOM PORTAL WEG!
WIR WERDEN ES WOHL NICHT SCHAFFEN, FRY! UND MICH DARF MAN NICHT LEBEND ERWISCHEN! IN DEN FALSCHEN HÄNDEN WÄRE MEINE TECHNIK ZU GEFÄHRLICH!
ICH MUSS MICH SELBST ZERSTÖREN, UND DU MUSST ZUSEHEN, WIE DU DEINE STORY OHNE MEINE HILFE IN DIE ZUKUNFT SCHICKST!
NEUN! ...
ACHT! ...
SIEBEN! ...

ABER WIR SIND FREUNDE! DAS KANN ICH NICHT ZULASSEN!
HIER GEHT'S NICHT UM MICH, FLEISCHKLOPS, SONDERN UM DICH! WENN DU ES NICHT INS JAHR 3000 SCHAFFST, STIRBT DIE MENSCHHEIT! SPRING!
SECHS! ...
FÜNF! ...
VIER! ...
DREI! ...
MACH'S GUT, ROBOTMANN-AUS-DER-ZUKUNFT!
MACH'S GUT, FRY!
ZWEI! ...
EINS! ...
-KEUCH!- MEINE GESCHICHTE...
...SIE IST NOCH IN DER BRUST DES ROBOTERS!
KLICK!
Geliefert?
SELBSTZERSTÖRUNG
FROHES NEUES JAHR!
PLORTZ!
JAA!
DAS NEUE MILLENNIUM!
FEIERT, ALS WÄR'S DAS JAHR 2000!
ICH SPÜR MEIN GESICHT NICHT MEHR!

MEINE GESCHICHTE... WIRD IN DAS PORTAL GESAUGT!
ARMER BENDERNATOR! ABER WENIGSTENS IST MEINE GESCHICHTE IN DIE ZUKUNFT GELANGT. SO LANGE SIE EXISTIERT, GIBT ES NOCH HOFFNUNG FÜR DIE MENSCHLICHE RASSE!
IRGENDWO IN NEU-NEW YORK IM JAHR 3000...
KOMM SCHON. EIN MICKRIGER KRÜMEL ZU NEUJAHR, DAS IST DOCH NICHT ZU VIEL VERLANGT!
NANU?
„FUTURINO: WIE DIE WELT IN 1000 JAHREN SEIN WIRD, VON PHILIP J. FRY". HMMM. VIELLEICHT KANN ICH DAS DECKBLATT ENTFERNEN, MEINEN NAMEN ÜBER DIE STORY SCHREIBEN UND SIE FÜR ETWAS ESSBARES VERKAUFEN!
SECHS MONATE SPÄTER...
WILLKOMMEN BEI $\sqrt{2}$-NEWS. MORBO BEGRÜSST JETZT DEN PRÄSIDENTEN DER ERDE, DR. ZOIDBERG, DER SEINE RADIKALE DOKTRIN „FUTURINO" BIS INS WEISSE HAUS GEBRACHT HAT! MORBO VERLANGT, DASS SIE UNS ERZÄHLEN, WIE SIE AUF DIE IDEEN IN IHREM MANIFEST KAMEN, DR. ZOIDBERG!
EHRLICH, MORBO, DAS IST MIR ALLES EINFACH ZUGEFLOGEN!
LIVE AUS DEM WEISSEN HAUS

NA, DAS WAR JA EIN DRECK.
HÖRT, HÖRT!
HRRMPF!
DAS IST DIE GRÖSSTE GESCHICHTE ALLER ZEITEN!
HEY, DER STROM IST WIEDER DA!
DU LIEBER FLOH AUS SÜD-BORDEAUX! ES IST 12:38 UHR! WIR HABEN NEUJAHR VERSÄUMT!
GERADE ALS ICH ANFING, MICH BESCHWIPST ZU FÜHLEN!
PLOP!
HABEN WIR NICHT, HERMES! NEUJAHR IST NICHT NUR EIN AUGENBLICK! DAS SIND 324 TAGE VOLLER HOFFNUNG UND OPTIMISMUS AUF EIN BESSERES MORGEN!
UND SEHT DOCH -- DIE KUGEL DES PROFESSORS WURDE NOCH NICHT GESENKT! DIE UHR ZEIGT IMMER NOCH DAS JAHR 3000! NA KOMMT!
FROHES NEUES JAHR, LEUTE.
DIR AUCH, FRY. ZU DUMM, DASS DU NIEMANDEM DIE TASCHEN AUSRÄUMEN KONNTEST, WAS, BENDER?
11:55:39
JA, JA, WIE DU MEINST. SCHAUT EUCH NUR WEITER DIE SCHÖNEN LICHTER AN.
UND DAS IST DAS WIE-SAGT-MAN-NOCH-GLEICH... ENDE!

DAS UNBEGANGENE KONTINUUM
MEIN LIEBER HERR GESANGSVEREIN, ICH HAB'S VOLLBRACHT! ICH HABE DIE ZEITMASCHINE ERSCHAFFEN!
KANN SIE WIRKLICH MENSCHEN IN DIE ZUKUNFT VERSETZEN?
ABER JA DOCH! DU KANNST SEHEN, WAS AUS DEINEM LEBEN GEWORDEN IST, ODER, IN ZOIDBERGS FALL, WIE ES TRAGISCH ENDET, DURCH DIE HAND EINES WUTENTBRANNTEN HERMES!
00:00
OH! ICH WILL ALS ERSTER! ICH HABE AUF FRYS KLOBRILLE MIKROSKOPISCHE WELTRAUMMADEN AUSGESETZT UND MÖCHTE SEHEN, WAS PASSIERT, WENN SIE SICH IN SEINEN VERDAUUNGSTRAKT EINARBEITEN!
HEY!
TUT MIR LEID, BENDER, ABER ICH MUSS NOCH EINEN LETZTEN TEST VORNEHMEN, UM FESTZUSTELLEN, OB MENSCHEN DIE REISE ÜBERLEBEN.
WIE WÄR'S MIT MIR? ICH BIN EIN MENSCH, UND ICH WOLLTE SCHON IMMER DIE ZUKUNFT SEHEN!
NEIN, FRY! ALS ERFINDER MUSS ICH FÜR ALLE EVENTUALITÄTEN DIE VERANTWORTUNG ÜBERNEHMEN -- ZUM BEISPIEL DEN RUHM UND DEN REICHTUM, DER DEM ERSTEN ZEITREISENDEN ZUKOMMT!

ERIC ROGERS AUTOR | CARLOS MOTA ZEICHNER | STEVE STEERE JR. TUSCHE | ART VILLANUEVA FARBEN | BILL MORRISON US-REDAKTION | MATT GROENING SEINER ZEIT VORAUS

EIN URAMERIKANISCHES PRODUKT
(ÜBERSETZT IN DEUTSCHLAND, GEDRUCKT IN ITALIEN)
D: € 2,30
A: € 2,60
CH: sfr 4,50
NL, B, L: € 2,75
I, E, P (cont): € 3,20
GR: € 3,70
E 56855
FUTURAMA COMICS
9
MÄR 03
© 2003 Bongo Entertainment, Inc. All Rights Reserved. Futurama © and TM Twentieth Century Fox Film Corporation. All Rights Reserved.

ERIC ROGERS AUTOR | TOM KING / JOHN DELANEY ZEICHNER | PHYLLIS NOVIN TUSCHE | RICK REESE KOLORATION | BILL MORRISON US-REDAKTION | MATT GROENING GEHEIMNISVOLLER FREMDER

Mid-Galaxy Raumschiff und Roboter BiKini Wash Co.
WIR MACHEN IHR GETRIEBE FEUCHT!
WIR POLIEREN IHNEN DAS GESTELL!
OOOHH YEAH! SEIF MICH EIN, BABY! ICH BIN SO EIN SCHMUTZIGER ROBOTER!
WOLLEN SIE DIE KRAFTFELD-WACHS-BESCHICHTUNG? FÜR NUR 9.95 EXTRA ...
...VERLEIHT IHREM SCHIFF NOCH BEI 40 DIREKTTREFFERN DURCH FEINDLICHE ALIENS DIESEN IMMER-NOCH-NEU-LOOK!
EINFACH NUR WASCHEN, BITTE.
KOMM, FRY. ICH WILL MIR IM SERVICE-SHOP DAUERWELLEN LEGEN LASSEN UND ORIGAMI LERNEN, WÄHREND WIR AUF DAS SCHIFF WARTEN.
SPLLSCH!
MANN, WO IST DIE GUTE ALTE ZEIT HIN, ALS MAN IN AUTO-WASCHANLAGEN NUR MASSAGEN UND KREDITE BEKOMMEN HAT ODER KARAOKE SINGEN KONNTE?

BALD...
HMMMMMM!
HMM. IRGENDWAS FEHLT NOCH, FRY. ERZÄHL MIR EIN PAAR SCHLÜPFRIGE GERÜCHTE ÜBER AMY ODER SAG MIR, WER IN „ALLE MEINE SCHALTKREISE" ZULETZT VON DEN TOTEN AUFERSTANDEN IST.
-KEUCH!- OH NEIN! ES IST SCHON WIEDER SO WEIT?
GROSS-NEFFENTAG 15. JUNI
GROSSNEFFENTAG 15. JUNI
MORGEN IST GROSSNEFFENTAG!
WIRKLICH? KOMMT MIR VOR, ALS HÄTTEN WIR ERST GESTERN NOCH DEN TAG DER ROTHAARIGEN STIEFKINDER GEFEIERT!
Ich kann dich nicht mehr sehen, hören oder riechen, Neffe, aber ich weiß, dass Du da bist.
WAS MACH ICH BLOSS? ICH HAB NOCH KEIN GESCHENK FÜR DEN PROFESSOR. EIN SCHÖNER URURURURURGROSSONKEL BIN ICH!
WARUM KAUFST DU NICHT HIER EIN GESCHENK? IN DIESEM LADEN MUSS ES DOCH IRGENDWAS GEBEN, DAS DEM PROFESSOR GEFALLEN WÜRDE!
GUTE IDEE. WENN ICH IM SHOP EINER RAUMSCHIFFWASCH-ANLAGE NICHTS FÜR MEINEN GROSSNEFFEN FINDE, EINEN VERRÜCKTEN, 150JÄHRIGEN WISSENSCHAFTLER, DANN GIBT ES DAS PERFEKTE GESCHENK NIRGENDWO!
LASS MICH NUR MEINE DAUERWELLE AUSWICKELN, DANN HELF ICH DIR SUCHEN ...
NA, WAS SAGST DU?
WO IST DER UNTERSCHIED?
ES IST EINE DAUERWELLE! UND GEFÄRBT!
ES IST IMMER NOCH LILA!
FUCHSIE!
MEINETWEGEN. ICH MUSS EIN GESCHENK FÜR DEN PROFESSOR FINDEN.
FRY, WARTE! GUCK DOCH, WIE MEIN PONY NACH RECHTS FÄLLT! UND DAS HAARBAND, DAS MEINEN ZOPF HÄLT? DAS IST NEU!

SPÄTER VOR DEM LADEN...
ACH, MANN. NICHT *EIN* LAUSIGES GESCHENK, DAS GUT GENUG FÜR DEN PROFESSOR WÄRE. ER IST MEINE GANZE FAMILIE. ICH KANN IHM DOCH NICHT NUR DIESE GLÜCKWUNSCHKARTE GEBEN, AUCH WENN DER HOLOGRAFISCHE GRUSS ZUM GROSSNEFFENTAG VON *PRÄSIDENT NIXONS KOPF* ZUM BRÜLLEN KOMISCH IST!
HEY, SUCHST DU DAS *PERFEKTE* GESCHENK, KLEINER?
OBDACHLOSER D.O.O.P.-VETERAN STELLT SICH GEGEN KLEINGELD FÜR KÖRPERUNTERSUCHUNGEN ZUR VERFÜGUNG.
JA. WIESO FRAGEN SIE?
WEIL ICH GENAU DAS RICHTIGE HABE...
...GEFÜHLSDUSELIGE ACCESSOIRES FÜR JEDE GELEGENHEIT, HANDGEFERTIGT VON *MEINER WENIGKEIT!* DA HÄTTEN WIR FREUNDSCHAFTSBÄNDER, STIMMUNGSRINGE, *MÖGEN-SICH-DIE-TORE-DER-HÖLLE-ÜBER-DEM-DRECKIGEN-ABSCHAUM-AUFTUN-DER-DEINEN-ANTRAG-AUF-VETERANEN-RENTE-ABGELEHNT-HAT*-HALSKETTEN-ANHÄNGER... WAS DU *WILLST!*
WELCHES GEFÜHL SOLLEN DIESE STEINE VERMITTELN?
DIESER ANHÄNGER OFFENBART DAS BESONDERE BAND ZWISCHEN ZWEI MENSCHEN -- ES BEDEUTET: WO IMMER DU HINGEHST ODER WAS DU AUCH TUST, ES GIBT EINE PERSON IM UNIVERSUM, DIE IN IHREM HERZEN EIN BESONDERES PLÄTZCHEN FÜR DICH FREI HÄLT.
AH, VERSTEHE. EIN MUSTERBEISPIEL FÜR *RAFFINIERTEN KITSCH*, MASSGESCHNEIDERT FÜR *VERZWEIFELTE IDIOTEN* OHNE AUSREICHENDE GELDMITTEL. DA SAGE ICH NUR... *GEKAUFT!*
NUR MAL SO AUS NEUGIERDE -- WARUM *LEUCHTEN* DIE STEINE SO? SIND SIE *GEFÄHRLICH?*
CHA-CHING!
NICHT, DASS ICH *WÜSSTE*. UND WO WIR SCHON DABEI SIND: GLÜCKWUNSCH, DU BIST DER *ERSTE*, DER DIESE KETTE KAUFT. 25 DOLLAR, BITTE.
WARUM HABEN SIE EINE REGISTRIERKASSE?
ICH ARBEITE FÜR DEN *LADEN*. BRINGT MEHR UMSATZ, WENN WIR DIE MITGEFÜHLNUMMER BEI *IDIO--*, ÄH, ICH MEINE, *KUNDEN* ABZIEHEN. BRAUCHST DU 'NE *QUITTUNG?*

KOMM, FRY. DAS SCHIFF IST STARTBEREIT, ABER ICH KANN BENDER NICHT FINDEN. MEINST DU, ER ERKENNT MICH WEGEN MEINER NEUEN FRISUR NICHT?
WOW! ICH WUSSTE GAR NICHT, DASS MEIN HINTERN SO GLÄNZEN KANN! DA SOLL MICH BLOSS KEINER MEHR DRAN LECKEN!
MR. BENDER, MÖCHTEN SIE DEN „EXTRA-SERVICE"?
NA, UND OB, PÜPPCHEN!
OKAY!
KRRONK!
AHHH! QUETSCHWALZE! DU BIST ES!
BENDER. ES IST SO LANGE HER. WARUM HAST DU MICH NICHT ANGERUFEN? ICH HABE EINE ÜBERRASCHUNG FÜR DICH ...
SHHHHNNNN!
ER IST DIE FRUCHT DEINER SOFTWARE. ICH NENNE IHN „JUNIOR".
DADDY.
whiieen!
NEEIIN!
WERFT DIE MASCHINEN AN! MACHT DIE MÜHLE STARTKLAR! SCHAFFT MICH VERDAMMT NOCH MAL HIER WEEEG!
ÜBRIGENS, SCHARF, WAS DU MIT DEINEN HAAREN GEMACHT HAST, LEELA!

ETWAS SPÄTER...
ICH KANN NICHT LÜGEN...
...LIEBER LASSE ICH MICH DES AMTES ENTHEBEN, ALS DICH AM GROSSNEFFEN-TAG ZU VERGESSEN!
ECHT CLEVER, MANN!
NEHMT HALTUNG AN!
WIE SÜSS!
ICH SEH' VERDAMMT GUT AUS!
OH FRY, WIE AUFMERKSAM! DU BIST WIE DER SOHN, DEN ICH NIE GEKLONT HABE!
DAS IST NOCH NICHT ALLES, PROFESSOR. BITTESCHÖN!
ACH DU GÜTIGER GUMMIDROPS!
IST ES EIN SCHWEIZER ARMEE-TASCHEN-TODES-STRAHL?
SORRY. ES IST NOCH ETWAS TIEFGRÜNDIGER.
RUPF!
GUTER GEDANKE, FRY. WENN SEINE SUPER-KRÄFTE GESCHWÄCHT SIND, PLÜNDERN WIR IHM DIE BUDE AUS!
DU HAST MIR EINE KRYPTONIT-HALS-KETTE GEKAUFT?

DAS IST KEIN KRYPTONIT, SONDERN... IRGENDEIN ANDERES UNBEKANNTES GRÜNES GESTEIN. UND ES IST SPEZIELL FÜR UNS BEIDE. WEIL WIR EINE FAMILIE SIND, DIE EINZIGE, DIE WIR HABEN. ES SEI DENN, SIE ZÄHLEN CUBERT DAZU.
HAT NIE JEMAND GETAN. WARUM JETZT DAMIT ANFANGEN?
ABER WOHER KOMMEN DIESE SELTSAM LEUCHTENDEN STEINE, FRY? SOLLTE ICH SIE NICHT LIEBER TESTEN, BEVOR WIR SIE UNS UMHÄNGEN?
WORUM MACHEN SIE SICH SORGEN? ICH TRAGE MEINEN SCHON DEN GANZEN TAG UND MIR GEHT'S PRIMA.
ELENDER SCHWINDLER! WAS IST MIT DER HALBEN STUNDE, DIE DU AUF DEM HEIMFLUG STÖHNEND UND ÄCHZEND AUF DER BORDTOILETTE ZUGEBRACHT HAST?
HOTDOGS AUS DEM SERVICE-SHOP, MEIN FREUND.
NA? SIEHT NICHT NUR SCHICK AUS, ES BEDEUTET AUCH ETWAS.
DAS IST EIN SEHR SCHÖNES GESCHENK, FRY. DIE FARBE DES STEINES PASST ZU MEINEN AUGEN... UND ER SCHEINT HARMLOS... ICH VERSPRECHE, IHN IMMER ZU TRAGEN, WENN DU IN DER NÄHE BIST.
WAS KÖNNTE ICH MEHR VERLANGEN?
ALLES GUTE ZUM GROSSNEFFEN-TAG, PROFESSOR.
IST DAS NICHT WUNDERSCHÖN?
APROPOS WUNDERSCHÖN -- WER IST IHR FRISEUR? ZOIDBERG KÖNNTE VIELLEICHT EIN PAAR PLATINBLONDE STRÄHNCHEN VERTRAGEN.

IN DER NACHT...
ROBOT ARMS APTS.
ZZZZZZZZZZZZZZZZZZZ!
PLANET
...NACH DER WERBUNG GEHT UNSER 24-STÜNDIGER MARATHON VON „THE SCARY DOOR" WEITER...
AM NÄCHSTEN MORGEN...
GÄÄÄÄHHHHN!

WELCH EIN ERQUICKENDER SCHLAF. ICH FÜHLE MICH ERFRISCHT UND VOLLER ENERGIE. UND ICH WEISS NICHT, WANN ICH ZUM LETZTEN MAL DURCHGESCHLAFEN HABE, OHNE AUFSTEHEN UND MICH ERLEICHTERN ZU MÜSSEN. MEINE BLASE SCHEINT SO FIT WIE DIE FIEDEL DES ROBOTTEUFELS!
GUTEN MORGEN, BENDER! WIE GEHT ES DIR, MEIN ROBOTISCHER HELFERSHELFER?
MORGEN, FLEISCHKLOPS.
MEINE STIMME! ICH MUSS MICH WOHL ERKÄLTET HABEN -- SIE KLINGT SO ANDERS! ABER ICH FÜHLE MICH NICHT KRANK... UND WAS MACHT BENDER SO FRÜH BEI DER ARBEIT?
WAS SOLL DAS HOCHGESTOCHENE GEFASEL? HAST DU WIEDER MEINE „1000 PORNOMEISTERWERKE" GEGUCKT, FRY?
FRY?? WOVON REDET ER? WAS IST HIER LOS?
ACH JE!
BENDER, WAS IST MIR GESCHEHEN? WARUM SEHE ICH WIE FRY AUS?
FRY, VIELLEICHT SOLLTEST DU ENDLICH BEGREIFEN, DASS NICHT JEDES HÄSSLICHE ENTLEIN EINES TAGES ALS SCHWAN AUFWACHT. WEISST DU, WAS ICH MEINE?

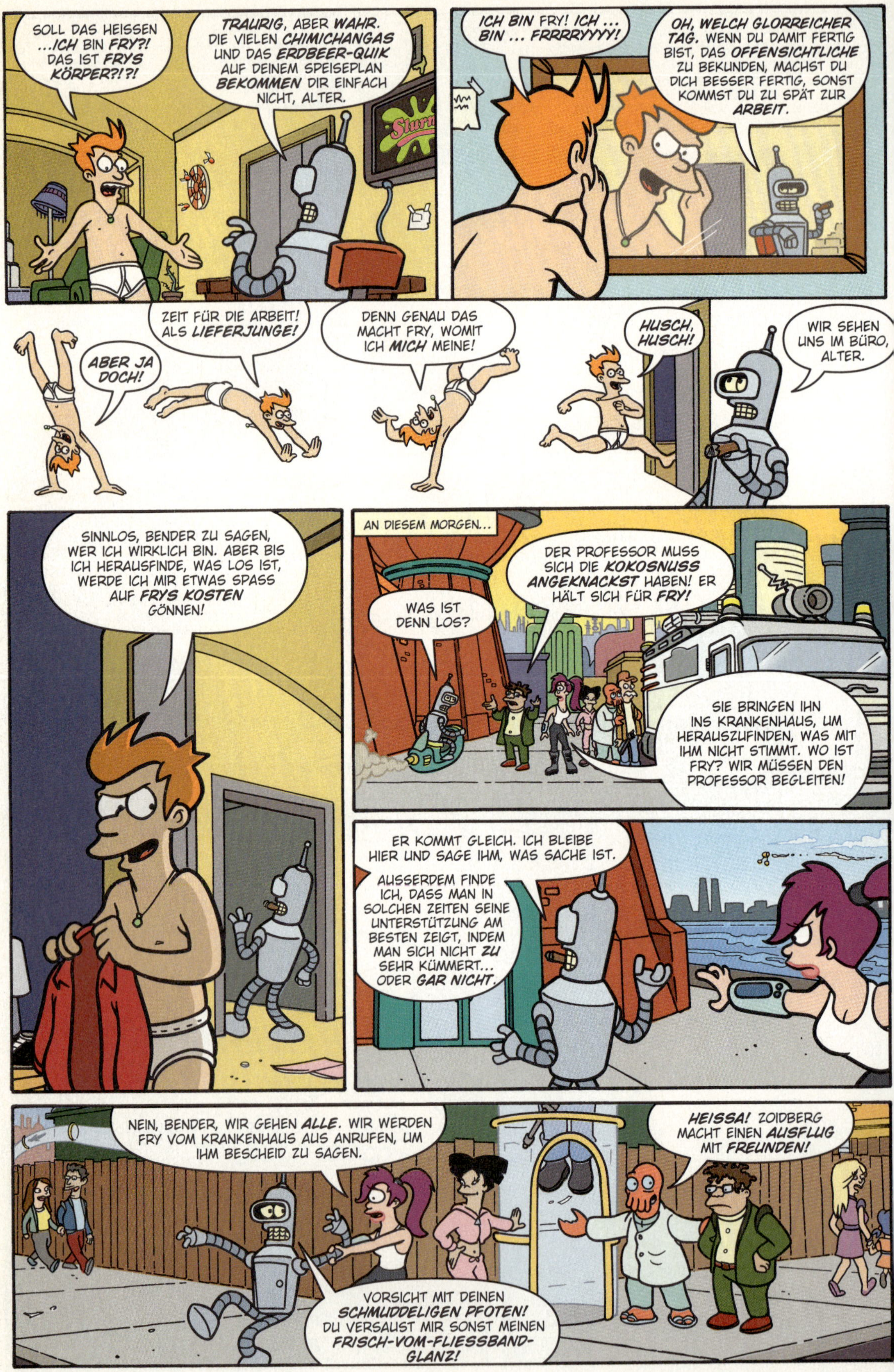
SOLL DAS HEISSEN ...ICH BIN FRY?! DAS IST FRYS KÖRPER?!?!
TRAURIG, ABER WAHR. DIE VIELEN CHIMICHANGAS UND DAS ERDBEER-QUIK AUF DEINEM SPEISEPLAN BEKOMMEN DIR EINFACH NICHT, ALTER.
ICH BIN FRY! ICH ... BIN ... FRRRRYYYY!
OH, WELCH GLORREICHER TAG. WENN DU DAMIT FERTIG BIST, DAS OFFENSICHTLICHE ZU BEKUNDEN, MACHST DU DICH BESSER FERTIG, SONST KOMMST DU ZU SPÄT ZUR ARBEIT.
ABER JA DOCH!
ZEIT FÜR DIE ARBEIT! ALS LIEFERJUNGE!
DENN GENAU DAS MACHT FRY, WOMIT ICH MICH MEINE!
HUSCH, HUSCH!
WIR SEHEN UNS IM BÜRO, ALTER.
SINNLOS, BENDER ZU SAGEN, WER ICH WIRKLICH BIN. ABER BIS ICH HERAUSFINDE, WAS LOS IST, WERDE ICH MIR ETWAS SPASS AUF FRYS KOSTEN GÖNNEN!
AN DIESEM MORGEN...
WAS IST DENN LOS?
DER PROFESSOR MUSS SICH DIE KOKOSNUSS ANGEKNACKST HABEN! ER HÄLT SICH FÜR FRY!
SIE BRINGEN IHN INS KRANKENHAUS, UM HERAUSZUFINDEN, WAS MIT IHM NICHT STIMMT. WO IST FRY? WIR MÜSSEN DEN PROFESSOR BEGLEITEN!
ER KOMMT GLEICH. ICH BLEIBE HIER UND SAGE IHM, WAS SACHE IST.
AUSSERDEM FINDE ICH, DASS MAN IN SOLCHEN ZEITEN SEINE UNTERSTÜTZUNG AM BESTEN ZEIGT, INDEM MAN SICH NICHT ZU SEHR KÜMMERT... ODER GAR NICHT.
NEIN, BENDER, WIR GEHEN ALLE. WIR WERDEN FRY VOM KRANKENHAUS AUS ANRUFEN, UM IHM BESCHEID ZU SAGEN.
HEISSA! ZOIDBERG MACHT EINEN AUSFLUG MIT FREUNDEN!
VORSICHT MIT DEINEN SCHMUDDELIGEN PFOTEN! DU VERSAUST MIR SONST MEINEN FRISCH-VOM-FLIESSBAND-GLANZ!

EIN PAAR MINUTEN SPÄTER...
WAS SOLL DAS? WO SIND DIE ALLE? WARUM ARBEITET NIEMAND?
OHH, WENN ICH NUR WÜSSTE, WOHIN MIT ALL DIESER ENERGIE. NA, WENN ICH NUR HERUMSITZE UND MICH WIE FRY BENEHME, KANN ICH ES MIR ZUMINDEST BEQUEM MACHEN.
AHHH, VIEL BESSER. MAL SEHEN... WAS WÜRDE FRY JETZT TUN? IN DER NASE BOHREN? KÖRPERGERÄUSCHE ERZEUGEN? JEDERMANN AUF DIE NERVEN GEHEN?
VIELLEICHT MACHE ICH EIN NICKERCHEN, BIS ICH HERAUSFINDE, WAS MIT MEINEM ECHTEN KÖRPER PASSIERT IST. MUSS ES MIR NUR GEMÜTLICH... WAS IST DAS?
WERNSTROM?!?!
rosie
DAS MAGAZIN
DIE WISSENSCHAFT DES HUMORS: WIE MAN MITTELS PHYSIK EINEN WITZ KONSTRUIERT
UND: „DIE LUSTIGSTEN LABORUNFÄLLE DER WELT" VON OGDEN WERNSTROM
WERNSTROM? OH JA... WERNSTROM!

ETWAS SPÄTER...
KLOPF! KLOPF! KLOPF!
GUTE GÜTE. WER STEHT DENN SO FRÜH SCHON VOR MEINER TÜR?
SCHUBBER! SCHUBBER! QUIETSCH! QUIETSCH!
WER IST DA?
HUBERT FARNSWORTH!
FARNSWORTH! HAST DU DAS BEDÜRFNIS, AN DEINE MINDERWERTIGKEIT ERINNERT ZU WERDEN, HUBIE?
DU BIST NICHT FARNSWORTH!
GLÜCKWUNSCH, SUPERHIRN. ICH WILL DICH DIE NATÜRLICHE PRIORITÄT DER MATERIE ÜBER DEM GEIST LEHREN!
AHHHHH!

UNTERDESSEN...
ALSO, DOKTOR, WAS FEHLT DEM PROFESSOR?
TACO BELLEVUE HOSPITAL
OFFEN GESAGT, ER HAT NICHT MEHR ALLE CHALUPAS IM SCHRANK.
GUCKT MICH NICHT AN! ICH HAB SIE NICHT GEGESSEN!
SENOR FARNSWORTH HÄLT SICH FÜR JEMANDEN NAMENS „FRY". ER LEIDET AN SCHWERER PERSÖNLICHKEITS-STÖRUNG ODER, WIE ICH ES GERN NENNE: „EL CUCKOOLOCO".
GOTT SEI DANK, DASS IHR ALLE DA SEID! ICH BIN'S, FRY. ICH SITZE IM KÖRPER DES PROFESSORS FEST!
WIR MÜSSEN EINIGE TESTS MIT SEINER SCHARFEN SAUCE MACHEN, ODER WIE SIE ES NENNEN, SEINEM „BLUT".
ES IST GUT, PROFESSOR. DIE ÄRZTE UND SCHWESTERN WOLLEN NUR, DASS ES IHNEN WIEDER BESSER GEHT.
ICH BIN'S ... FRY! ICH WACHTE HEUTE FRÜH AUF UND MERKTE, DASS MEIN DUMMES FRY-GEHIRN IM KLAPPRIGEN KÖRPER DES PROFESSORS STECKT! ES IST WIE IN EINER SCHLECHTEN KURZGESCHICHTE VON FRANZ DRESCHER!
DER HEISST FRANZ KAFKA, DU IDIOT!
AUF JEDEN FALL REDET ER WIE FRY. ABER OHNE DIE TESTS KÖNNEN WIR NICHTS TUN.
IHR GLAUBT MIR NICHT? GUT, ICH BEWEISE ES EUCH! HERMES FÜHRT MICH IN SEINER STEUERERKLÄRUNG ALS SEIN „ADOPTIVKIND", DAMIT ER MEHR ABSETZEN KANN! AMYS HEIMLICHER WUNSCH IST ES, DIE MARS-UNIVERSITÄT SAUSEN ZU LASSEN UND AUFS CLOWN-COLLEGE ZU GEHEN!
UND LEELA ERZÄHLTE MIR NEULICH WÄHREND EINES FLUGES, DASS SIE KEINEN SEX MEHR HATTE SEIT--
HAHA! SIE SIND ECHT KRANK, PROFESSOR!
UND WIE!
DAS NENN ICH MAL DURCHGEKNALLT!
TJA, ZU DUMM, DASS WIR JETZT LOS MÜSSEN. GUTE BESSERUNG, BIS BALD UND TSCHÜSS!
WARTET! DER PROFESSOR HAT SEINE SALSA-TRANSFUSION NOCH NICHT GEKRIEGT! ICH WILL HINTERHER DIE INFUSIONSNADEL ABLECKEN!

ANDERNORTS...
EINER GEHT NOCH, HERR WIRT. ICH HATTE NOCH NIE SOLCHEN SPASS, MEINE BLASE ZU KONTROLLIEREN, SEIT MAN MIR EINE KÜNSTLICHE EINGESETZT HAT!
GEHT KLAR!
IST DIESER PLATZ NOCH FREI?
ICH HÖRTE, WIE SIE DEM BARKEEPER IHRE THEORIE ÜBER DIE PARTIKEL-HYBRID-VERBRENNUNGSREPRODUKTION ERÖRTERTEN. ICH SAGTE MIR: „GUTES AUSSEHEN UND KÖPFCHEN", UND DA MUSSTE ICH MICH IHNEN EINFACH VORSTELLEN. LANA LABIANCA.
HUBER-- ÄH, ICH MEINE, FRY! PHILIP J. FRY, ABER AUS IRGENDEINEM GRUND NENNT MAN MICH NUR FRY. ICH SOLLTE WIRKLICH EINMAL ERUIEREN, WARUM DAS SO IST.
WISSEN SIE, FRY, MEINE WOHNUNG IST GLEICH UM DIE ECKE. UND ICH LIEBE LANGATMIGE WISSENSCHAFTLICHE ERKLÄRUNGEN.
ICH MÜSSTE EIGENTLICH ZURÜCK IN MEIN LABOR...
HUBERT, DAS IST DEINE CHANCE, SEX MIT EINER FRAU OHNE KÜNSTLICHE HÜFTEN ZU HABEN! DIESE CHANCE BEKOMMST DU NIE WIEDER!
...ABER ICH HABE NOCH ZEIT FÜR MINDESTENS EINEN MONOTONEN, LANGWEILIGEN VORTRAG ÜBER DAS KLONEN VON GUPPIES UND DIE VERBINDUNG ZUR URKNALL-THEORIE.
BRING MICH HEIM, DU STACHELHAARIGER STREBER, DU!

ETWAS SPÄTER...
FRY! WO WARST DU DENN? WIR WAREN KRANK VOR SORGE UM DICH!
KEIN GRUND ZUR SORGE, LEELA. ICH HATTE EINEN HERRLICHEN TAG! ES IST SO GUT, JUNG UND VIRIL ZU SEIN!
SIEHT AUS, ALS OB DA JEMAND NOCH EIN BISSCHEN ÜBEN MUSS, SEIN CLOWN-MAKE-UP ANZULEGEN!
MACHST DU DIR DENN GAR KEINE SORGEN UM DEN PROFESSOR?
OH, JA, DER PROFESSOR! WIE GEHT ES IHM?
MAN HAT IHN IN EINER GUMMIZELLE ANS BETT GESCHNALLT, ABER ANSONSTEN GEHT'S IHM PRIMA.
ES HALTEN IHN ALSO ALLE FÜR VERRÜCKT, WIE? NUN, ICH BIN SICHER, DAS LEGT SICH IN EIN PAAR TAGEN!
FRY, GEHT'S DIR GUT? DER PROFESSOR HÄLT SICH NÄMLICH FÜR DICH!
ACH, PAPPERLAPAPP! ES IST OFFENSICHTLICH, DASS DER PROFESSOR NUR ETWAS ABSTAND BRAUCHT VON SEINEN ANSTRENGENDEN PLÄNEN, DIE WELT MIT ZEHN METER LANGEN WELTRAUM-ALLIGATOREN ÜBERNEHMEN ZU WOLLEN!
WENN IHR MICH JETZT ENTSCHULDIGT? ICH MUSS MICH UM MEIN NORMALES TAGESGESCHÄFT KÜMMERN, DAS -- KORRIGIERT MICH, WENN ICH MICH IRRE -- EINE MENGE FERNSEHEN, NICKERCHEN UND DIVERSE UNFLÄTIGE KÖRPEREMISSIONEN BEINHALTET.
ICH WEISS NICHT, BENDER. IRGENDWAS STIMMT HIER NICHT.
ACH WAS. ER MACHT DOCH ECHT 'NE MENGE GERÄUSCHE MIT SEINEM KÖRPER.

EINE WOCHE SPÄTER...
DANKE NOCH MAL, DASS DU FÜR FRY EINGESPRUNGEN BIST, SCRUFFY. DAS WAR EINE PERFEKTE LIEFERUNG. UND WER HÄTTE GEDACHT, DASS DIE KLOSCHÜSSELN AN BORD IN WIRKLICHKEIT WEISS SIND?
NA TOLL. JETZT MÜSSEN WIR WIEDER AUFPASSEN, DASS ZOIDBERG NICHT DRAUS TRINKT.
HEY, HERMES, MIT WELCHER AUSREDE HAT FRY SICH HEUTE ABGESEILT?
DIE FAULE MANGOBIRNE SAGT, SIE HÄTTE EINEN FOTOTERMIN MIT DEM MAGAZIN „ILLUSTRIERTE WISSENSCHAFT". FÜR DIE JÄHRLICHE UNTERWÄSCHE-UND-LABORKITTEL-AUSGABE.
WARUM SOLLTEN DIE FOTOS VON FRY MACHEN WOLLEN?
ANGEBLICH, WEIL ER EIN SIEGREICHES FOOTBALL-TEAM IN CINCINNATI ERFUNDEN HAT. NACH EINER NIEDERLAGENSERIE VON 110 JAHREN? NA, SICHER DOCH!
FRY ERFINDET SACHEN? UND TRÄGT DEN LABORKITTEL UND DIE PANTOFFELN DES PROFESSORS... UND ER BETONT FURCHTBAR OFT, WIE TOLL „QUINCY" IST ... -:KEUCH!:- JUNGS, DENKT IHR, WAS ICH DENKE?
DASS ES AN DER ZEIT IST, AUFZUHÖREN, WITZE ÜBER ALTE LEUTE ZU MACHEN, DIE „QUINCY" GUCKEN?
NEIN! FRY UND DER PROFESSOR SIND IM KÖRPER DES JEWEILS ANDEREN GEFANGEN!
FREUNDE! DIESER RATTENHUND VON EINEM ARZT HAT GERADE ANGERUFEN...
...DER PROFESSOR SPRICHT NICHT AUF DIE BEHANDLUNG AN, UND MORGEN SOLL EINE LOBOTOMIE SEINER GORDITA STATTFINDEN!
ACH DU DICKER IGUANA VON TIJUANA! SIE WERDEN DEN PERSÖNLICHKEITSLAPPEN SEINES GEHIRNS ENTFERNEN! DADURCH WÜRDE ER SO UNINTERESSANT WIE ZOIDBERG!
WIR MÜSSEN FRY FINDEN -- ÄH, DEN PROFESSOR, MEINE ICH, DAMIT SIE IN IHRE EIGENEN KÖRPER ZURÜCK KÖNNEN!
ALSO LOS!
„OPERATION: FRY-JAGD" LÄUFT!
ZOIDBERG IST ENDLICH EINMAL WICHTIG!

UND IN DER WOHNUNG VON FRY UND BENDER...
SCHAU! EINE LEERE PACKUNG DER LIEBLINGS-GETREIDEFLOCKEN DES PROFESSORS, GERIATRIOS! ER WAR HIER!
EIN-AUGE AN BASIS, VERSTANDEN?
THE HIP JOINT
LOS, FRY! LOS, FRY! LOS, FRY!
VERSTANDEN, EINAUGE! HIER WAR ER AUCH. SEIN AUSGEH-LABORKITTEL UND DIE PANTOFFELN FEHLEN! ER MUSS SIE MIT-GENOMMEN HABEN!
ABER WO KÖNNTE ER HIN SEIN?
WAS FÜR KRANKE MOVES!
DER KNABE IST SO WAS VON IRRE!
DER BIGBAND-BEAT STECKT MIR IM BLUTE!
KLATSCH!
KLATSCH!
YEEAH!
VOLL STARK!
WUU-HUU!
KLATSCH!
KLATSCH!
SIEHT SCHMERZHAFT AUS!
AHH! EIN WEITERER VORTEIL EINER GESUNDEN PROSTATA!

ENTSCHULDIGT MICH KURZ, ICH MUSS MAL FÜR KLEINE TANZGÖTTER. UND WENN ICH ZURÜCKKOMME, STELLEN WIR DIESEN SCHUPPEN MIT EINEM JITTERBUG AUF DEN KOPF!
GEIL!
HMMM...
OH, ÄH, VERZEIHUNG. ICH MUSS WOHL IM DAMEN-WC SEIN.
HERREN
NEIN, WIE KOMMEN SIE AUF DIE IDEE? DAS IST DIE HERRENTOILETTE.
HE, HE. WEISS AUCH NICHT.
MÖCHTEN SIE ETWAS ROT FÜR IHRE MANDIBELN?
ÄH, MEINE MANDIBELN SIND SELBSTRÖTEND.
ANGEBER.
HACH, ES MACHT WIRKLICH SPASS, WIEDER EIN JUNGSPUND ZU SEIN! ES IST, ALS HÄTTE ICH EINEN JUNGBRUNNEN ENTDECKT!

-:SEUFZ.:- ICH SCHÄTZE, SO KANN ES NICHT FÜR IMMER BLEIBEN. DER ARME FRY MUSS DEN REST SEINES LEBENS LEBEN, SO ARMSELIG ES OHNE MEINEN GENIALEN GEIST AUCH SEIN MAG. NUN JA. EINE LETZTE NACHT JUGENDLICHER AUSSCHWEIFUNGEN, UND DANN WEIHE ICH DIE ANDEREN IN UNSER KLEINES TAUSCHGEHEIMNIS EIN...
CLICK!
WER HAT DAS LICHT AUSGEMACHT?! HALLO? IST DA JEMAND?
KNUFF!
UUMPF!
OUUH!
FUMP!
AUU!
PAFF!
JUDO-TSCHAKKA!
SPÄTER...
DIE ÄUGLEIN AUF, HERR ANGREIFER. ZEIT FÜR DEINE MEDIZIN...
HÖH? WER? -:KEUCH!:- DU BIST ES?!

WERNSTROM?!?!? ABER WIE-- ?
GANZ EINFACH. ICH MACHTE DICH MIT HILFE MEINER CHINESISCHEN AUSTAUSCHSCHÜLER IN DIESER DISCOTHEK AUSFINDIG. ZU DEINEM PECH WERDEN SIE MIR DABEI ASSISTIEREN, DIR EINE LEKTION IN SACHEN RESPEKT GEGENÜBER ÄLTEREN MENSCHEN ZU ERTEILEN, DU JUNGER FRECHDACHS!

UND BEIM PLANET EXPRESS...
ES WEISS ALSO NIEMAND, WO DER PROFESSOR IN FRYS KÖRPER HIN IST?
WIR WAREN ÜBERALL, WO ER FÜR GEWÖHNLICH ABHÄNGT. IN DER AKADEMIE DER VERRÜCKTEN WISSENSCHAFTLER...
...DER PHRASEN-HÜTTE...
...UND AUF JEDEM FKK-GELÄNDE IM UMKREIS VON 300 MEILEN!
WAS MACHEN WIR BLOSS? IN NICHT MAL 12 STUNDEN WIRD DER PROFESSOR LOBOTOMISIERT!
ARMER ALTER LIEBLINGS-FREUND! ER IST VERLOREN!
NOCH NICHT! ES GIBT NOCH EINE HOFFNUNG! ICH NENNE SIE... „FRYJAC"!
IN WERNSTROMS LABOR...
DU MEINST ALSO, DU KÖNNTEST LEUTE, DIE KLÜGER SIND ALS DU, EINFACH SO VERPRÜGELN, JA?
KLÜGER ALS ICH? DU KÖNNTEST DICH NICHT MAL AUS EINEM LOGARITHMUS HERAUS KOSINIEREN, BIS ICH ES DIR BEIGEBRACHT HABE, OGGIE!
SELTSAM. DU KLINGST WIE MEIN ERSTER UND DÜMMSTER PROFESSOR, HUBERT FARNSWORTH!
ICH BIN HUBERT FARNSWORTH! UND ICH WERDE DIR DEINEN SCHLAFFEN, AUSGEDÖRRTEN, MIT RHEUMASALBE BESCHMIERTEN HINTERN VERSOHLEN!
HA! DU KÖNNTEST FROH SEIN, WENN DU NUR HALB SO VIEL KÖPFCHEN WIE FARNSWORTH HÄTTEST. DANN WÜSSTEST DU, DASS ICH NUR IN EINEM GEISTIGEN DUELL ZU BESIEGEN WÄRE. ABER DAS WÜRDE ICH IHM NATÜRLICH NIE SAGEN.
WIRKLICH? IM GRUNDE RESPEKTIERST DU FARNSWORTHS INTELLIGENZ?
OB ICH DAS TUE ODER NICHT, GEHT DICH NICHTS AN. DU WIRST DAS TAGESLICHT NIE MEHR ERBLICKEN. DENN WER SICH MIT EINEM NERD ANLEGT ...
...LEGT SICH MIT ALLEN NERDS AN!
DÜRFEN DIE COOLEN JUNGS MITSPIELEN?

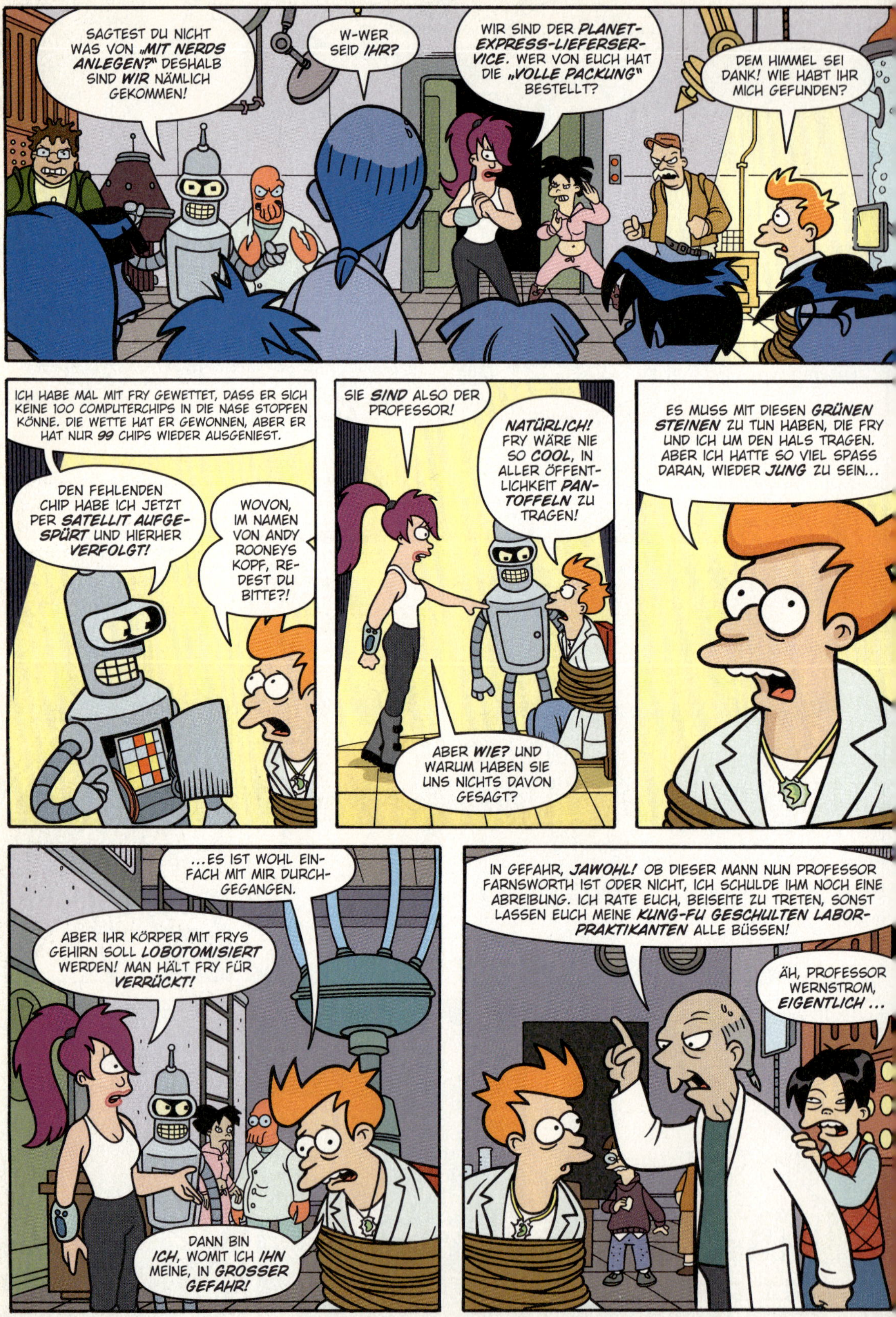
SAGTEST DU NICHT WAS VON „MIT NERDS ANLEGEN?“ DESHALB SIND WIR NÄMLICH GEKOMMEN!
W-WER SEID IHR?
WIR SIND DER PLANET-EXPRESS-LIEFERSERVICE. WER VON EUCH HAT DIE „VOLLE PACKUNG“ BESTELLT?
DEM HIMMEL SEI DANK! WIE HABT IHR MICH GEFUNDEN?
ICH HABE MAL MIT FRY GEWETTET, DASS ER SICH KEINE 100 COMPUTERCHIPS IN DIE NASE STOPFEN KÖNNE. DIE WETTE HAT ER GEWONNEN, ABER ER HAT NUR 99 CHIPS WIEDER AUSGENIEST.
DEN FEHLENDEN CHIP HABE ICH JETZT PER SATELLIT AUFGESPÜRT UND HIERHER VERFOLGT!
WOVON, IM NAMEN VON ANDY ROONEYS KOPF, REDEST DU BITTE?!
SIE SIND ALSO DER PROFESSOR!
NATÜRLICH! FRY WÄRE NIE SO COOL, IN ALLER ÖFFENTLICHKEIT PANTOFFELN ZU TRAGEN!
ABER WIE? UND WARUM HABEN SIE UNS NICHTS DAVON GESAGT?
ES MUSS MIT DIESEN GRÜNEN STEINEN ZU TUN HABEN, DIE FRY UND ICH UM DEN HALS TRAGEN. ABER ICH HATTE SO VIEL SPASS DARAN, WIEDER JUNG ZU SEIN...
...ES IST WOHL EINFACH MIT MIR DURCHGEGANGEN.
ABER IHR KÖRPER MIT FRYS GEHIRN SOLL LOBOTOMISIERT WERDEN! MAN HÄLT FRY FÜR VERRÜCKT!
DANN BIN ICH, WOMIT ICH IHN MEINE, IN GROSSER GEFAHR!
IN GEFAHR, JAWOHL! OB DIESER MANN NUN PROFESSOR FARNSWORTH IST ODER NICHT, ICH SCHULDE IHM NOCH EINE ABREIBUNG. ICH RATE EUCH, BEISEITE ZU TRETEN, SONST LASSEN EUCH MEINE KUNG-FU GESCHULTEN LABORPRAKTIKANTEN ALLE BÜSSEN!
ÄH, PROFESSOR WERNSTROM, EIGENTLICH ...

...KÖNNEN WIR GAR KEIN KUNG-FU.
WAS?!?
WIR DACHTEN, WIR KÖNNTEN SO TUN ALS OB, WENN ES ZU FÜNFT GEGEN EINEN GEGANGEN WÄRE. ABER WIR KÖNNEN NICHT WIRKLICH KÄMPFEN.
SCHNIPP!
SCHNIPP!
WIRD DAS UNSERE ABSCHLUSSNOTEN BEEINFLUSSEN?
WARTET! WO GEHT IHR HIN?! WIR MÜSSEN DIE EHRE ALLER NERDS VERTEIDIGEN!
SO, WERNSTROM, ES IST AN DER ZEIT, DASS DEIN HINTERN DIE SCHECKS EINLÖST, DIE DU MIT DER KLAPPE AUS-GESTELLT HAST!
PROFESSOR, UNS BLEIBT SEHR WENIG ZEIT, SIE IN IHREN ALTEN KÖRPER ZURÜCK-ZUBRINGEN.
HMPF, DU HAST WOHL RECHT. ABER ES HAT SPASS GEMACHT. NA GUT, HOPP, HOPP!
DU HAST GLÜCK, WERNSTROM. SCHÄTZE, WIR SEHEN UNS IM KLUB DER ERFINDER!
WENN DU WIRKLICH FARNSWORTH BIST ... DANN NEHME ICH ZURÜCK, WAS ICH ÜBER SEINEN SIEG IN EINEM GEISTIGEN DUELL GESAGT HABE! DAZU WÜRDE ES NIE KOMMEN! MEINE MACHT HATTE MICH VERWIRRT! NIEMAND IST KLÜGER ALS ICH!
HALT! KOMMT ZURÜCK! ICH NEHME ES MIT EUCH ALLEN AUF! ICH BIN NÄMLICH EIN RICHTIGER RAUFBOLD, WISST IHR? ICH WAR AUF DER UNI SOGAR MAL VORSITZENDER DER FINGERHAKEL-GRUPPE...
CRRACK!
UMPF!
AUTSCH!

ABENDS...
HIER IST ER, SIR...
...WIR BRAUCHEN NUR DIE UNTERSCHRIFT EINES VERWANDTEN, UND DER IRRE, ALTE KAHLKOPF GEHÖRT WIEDER IHNEN.
DANKE FÜR IHRE HILFE.
WIE FÜHLST DU DICH, FRY?
FURCHTBAR! MEINE HAUT RIECHT WIE ALTE MILCH, MEINE KNIE KNACKEN WENN ICH ATME, UND ICH MUSSTE PRAKTISCH IM KLO SCHLAFEN, DAMIT ICH RECHTZEITIG HINKAM, WENN ICH MAL MUSSTE!
OH, GUT. DANN IST JA ALLES SO, WIE ICH ES VERLASSEN HABE.
KEINE SORGE. DER PROFESSOR HAT EINE ERFINDUNG, DIE DICH IN DEINEN ALTEN KÖRPER ZURÜCKVERSETZEN WIRD.
SIE KÖNNTE DEINE SEELE ABER AUCH IN EINE RADKAPPE TRANSFERIEREN! WILLST DU NICHT LIEBER DAS AUSPROBIEREN, FRY?
NEIN, DANKE! ICH HABE MEINEN KÖRPER VORHER NIE WIRKLICH GEMOCHT, ABER ICH WERDE IHN VERDAMMT NOCH MAL LIEBEN UND VERWÖHNEN, WENN ICH ERST WIEDER IN MEINER ALTEN, JUNGEN HAUT STECKE!
HEY, WAS DU PRIVAT TREIBST, WOLLEN WIR GAR NICHT WISSEN.
ZEIT FÜRS BÄUMCHEN-WECHSLE-DICH, FRY! ICH HOFFE, DEIN AUFENTHALT IN MEINEM KÖRPER WAR NICHT ZU UNANGENEHM! UND ES TUT MIR LEID, DASS ES SO LANGE DAUERTE, DICH AUS DER KLINIK ZU HOLEN, ABER ICH MUSSTE EINFACH NOCH EINMAL ERLEBEN, WAS ES HEISST, JUNG ZU SEIN. ICH HOFFE, DU VERSTEHST UND NIMMST MEINE ENTSCHULDIGUNG AN.
IST OKAY. MEIN KÖRPER IST NUN MAL EINE VERSUCHUNG.

UND SO HÜBSCH DIESE ANHÄNGER AUCH SIND, FRY, SIE WAREN DER GRUND FÜR UNSEREN KÖRPERTAUSCH. WIR WOLLEN DOCH NICHT, DASS DAS NOCH MAL PASSIERT, ODER?
TEUFEL, NEIN!
VERSTECK SIE FÜR MICH, UND ICH MACHE DICH ZU EINEM REICHEN ROBOTER!
DIE BENDER-BANK HAT GERADE ERÖFF-NET!
ES WIRD DICH AUCH FREUEN, DASS ICH IN DEINEM KÖRPER REICHLICH SEX HATTE, SO LANGE DU FORT WARST, FRY. DU BIST JETZT EIN FLOTT FRISIERTER HOVER-SCHLITTEN UND BEREIT, ORDENTLICH GUMMI ZU GEBEN.
ACH, MANN! IN IHREM KÖRPER KONNTE ICH BLOSS EIN COOLES TATTOO MALEN, INDEM ICH DIE LEBERFLECKE AUF IHREN BEINEN MIT EINEM STIFT MITEINANDER VERBUNDEN HABE!
BEVOR WIR WIEDER TAUSCHEN, FRY: GÖNNST DU MIR NOCH EINE LETZTE, WINZIGE FREUDE?
ÄH, OKAY, VON MIR AUS.
PROFESSOR, ZIEHEN SIE IHREN LABORKITTEL WIEDER AN! UM GOTTES WILLEN... ANZIEHEN! BITTE!
AH, JUNG UND NACKT ZU SEIN! DAS WIRD MIR AM MEISTEN FEHLEN!
NUR NOCH EIN PAAR SEKUNDEN, FRY, ÄH, PROFESSOR, ÖH, WER ZUM TEUFEL DU AUCH SEIN MAGST! MIT DIESEN FOTOS KANN ICH FRY ÜBER JAHRE DEMÜTIGEN UND ERPRESSEN!
„ADIOS, AMIGOS!"

DAS WORTSUCHSPIEL, DAS MEIN HIRN AUFFRASS!

HEY, FUTURAMARISTEN! STARRT IHR GERNE STUNDENLANG GROSSE BUCHSTABENBLÖCKE AN, UM VERSTECKTE WÖRTER ZU SUCHEN, BIS EUER GEHIRN VOR SCHMERZEN POCHT UND EUCH DIE BLUTUNTERLAUFENEN AUGEN AUS DEM SCHÄDEL SPRINGEN WOLLEN? JA? GROSSARTIG! DANN IST DIESE KNOBELEI GENAU DAS RICHTIGE FÜR EUCH!

IN DEM SCHLEIMGRÜNEN KASTEN SIND 27 WÖRTER VERSTECKT, DIE JEDEM FUTURAMA-FAN VERTRAUT SEIN SOLLTEN. DIE WÖRTER KÖNNEN WAAGRECHT, SENKRECHT ODER DIAGONAL VERLAUFEN. (TIPP: DIE DIAGONALEN WÖRTER KÖNNEN ENTWEDER VON OBEN NACH UNTEN ODER VON UNTEN NACH OBEN GELESEN WERDEN.) KREIST JEDES WORT, DAS IHR FINDET, EIN, BIS IHR ALLE 27 ENTDECKT HABT. WIE? IHR KÖNNT DIESE SELTSAME ALIENSCHRIFT NICHT LESEN? KEIN PROBLEM. WIR HABEN DIE WÖRTER UNTEN AUFGELISTET. BENUTZT DEN CODE-SCHLÜSSEL RECHTS, UM DIE WÖRTER INS ALIENESISCHE ZU ÜBERSETZEN UND TRAGT SIE IN DIE ENTSPRECHENDEN LÜCKEN EIN, BEVOR IHR DAS PUZZLE IN ANGRIFF NEHMT! WENN IHR DIESES SAGENHAFTE HEFT NICHT VERUNSTALTEN WOLLT, KÖNNT IHR DIESE SEITE AUCH ERST FOTOKOPIEREN!

WÖRTERLISTE

Fry ____________ DOOP ______________ Nibbler ________________________

Zapp ____________ Planet Express ________________________________

Omicron ______________________________ Schiff ____________________

Panuccis ____________________________ Mars Uni __________________

Leela ________________ H.G. Blob ____________________ Kif __________

Elzar ________________ Roboter ______________________ Mom _________

Neu New York ___________________________________ Flexo ____________

Laser ______________ Amy ________ Dr. Zoidberg ______________________

Amazonia ________________________ Bender ________________ Url _________

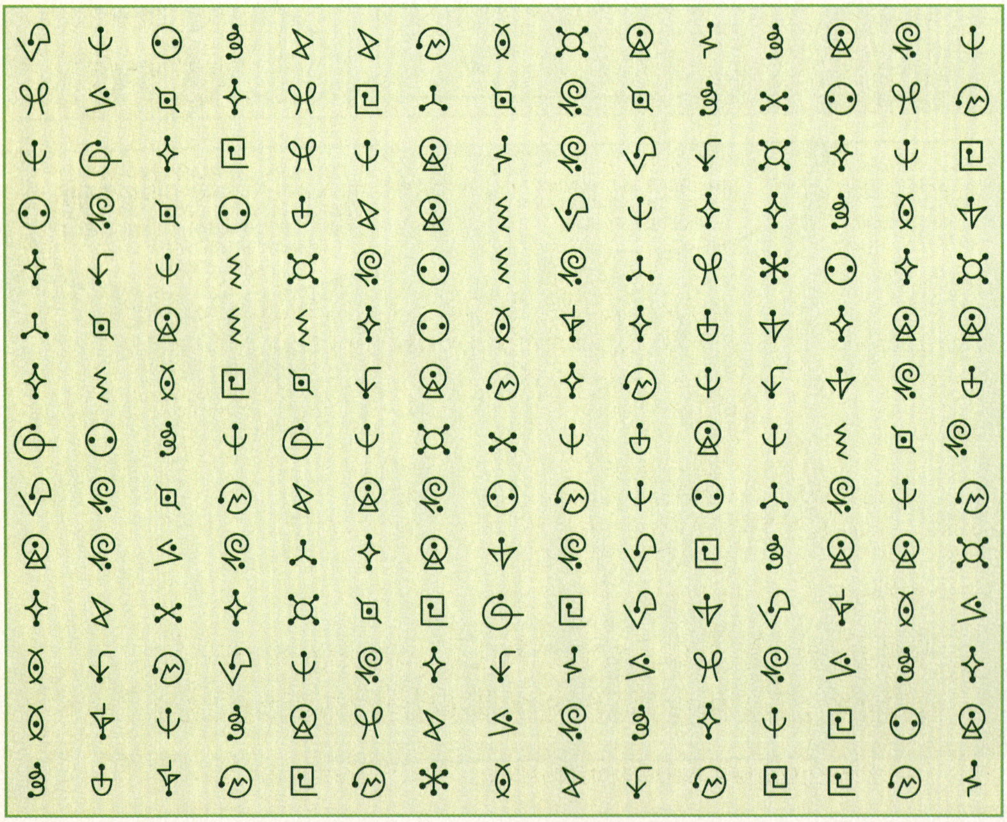

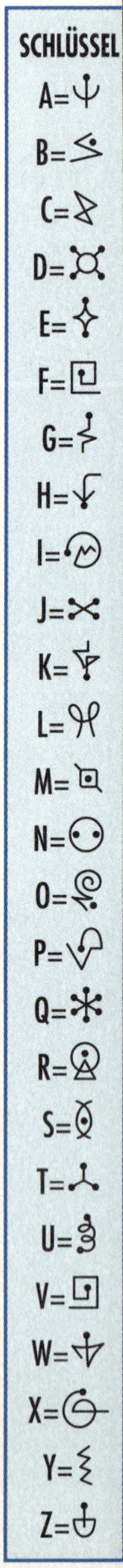

Alle Simpsons Comics Sonderbände und Simpsons Bücher auf einen Blick

COMIC SONDERBÄNDE

»Extravaganza«
Simpsons Comics Sonderband 1
(Enthält Simpsons Comics 1-4)
160 Seiten · € 8,95 (D)
ISBN: 3-932268-25-3

»Spektakel«
Simpsons Comics Sonderband 2
(Enthält Simpsons Comics 5-8)
160 Seiten · € 8,95 (D)
ISBN: 3-932268-44- X

»Simps-O-Rama«
Simpsons Comics Sonderband 3
(Enthält Simpsons Comics 9-12)
160 Seiten · € 8,95 (D)
ISBN: 3-932268-77-6

»Schlagen zurück!«
Simpsons Comics Sonderband 4
(Enthält Simpsons Comics 13-15)
160 Seiten · € 8,95 (D)
ISBN: 3-89748-102-2

»Looping«
Simpsons Comics Sonderband 5
(Enthält Simpsons Comics 16-21)
160 Seiten · € 8,95 (D)
ISBN: 3-89748-176-6

»Parade«
Simpsons Comics Sonderband 6
(Enthält Simpsons Comics 22-26)
160 Seiten · € 8,95 (D)
ISBN: 3-89748-235-5

»Big Bonanza«
Simpsons Comics Sonderband 7
(Enthält Simpsons Comics 27-30)
160 Seiten · € 8,95 (D)
ISBN: 3-89748-251-7

»A Go-Go«
Simpsons Comics Sonderband 8
(Enthält Simpsons Comics 31-35)
160 Seiten · € 8,95 (D)
ISBN: 3-89748-430-7

»Bartman«
Simpsons Comics Sonderband 9
(Enthält Simpsons Comics 36-37)
160 Seiten · € 8,95 (D)
ISBN: 3-89748-624-5

»Entfesselt«
Simpsons Comics Sonderband 10
(Enthält Simpsons Comics 38-43)
160 Seiten · € 8,95 (D)
ISBN: 3-89748-665-2

»Madness«
Simpsons Comics Sonderband 11
(Enthält Simpsons Comics 44-49)
160 Seiten · € 9,95 (D)
ISBN: 3-89748-759-4

»Royale«
Simpsons Comics Sonderband 12
(Enthält Simpsons Comics 50, 51 und eine Lisa-Story)
160 Seiten . € 9,95 (D)
ISBN: 3-89748-760-8

»Zwerchfell-Schüttler«
Simpsons Comics Sonderband 13
(Enthält Simpsons Comics 52, 53 und 55-58)
174 Seiten . € 9,95 (D)
ISBN: 3-83321-104-0

»Futurama-O-Rama«
Futurama Sonderband 1
(Enthält Futurama Comics 1-4)
120 Seiten . € 9,95 (D)
ISBN: 3-89748-758-6

»Futurama Adventures«
Futurama Sonderband 2
(Enthält Futurama Comics 5-9)
140 Seiten . € 9,95 (D)
ISBN: 3-8332-1112-1

»Das große Bart Simpson Buch«
Bart Simpson Comics Sonderband 1
(Enthält Bart Simpson Comics 1-4)
120 Seiten · € 8,95 (D)
ISBN: 3-89748-761-6

»Das bitterböse Bart Simpson Buch«
Bart Simpson Comics Sonderband 2
(Enthält Bart Simpson Comics 5-8)
120 Seiten · € 9,95 (D)
ISBN: 3-8332-1103-2

»Das flegelhafte Bart Simpson Buch«
Bart Simpson Comics Sonderband 3
(Enthält Bart Simpson Comics 9-12)
120 Seiten · € 9,95 (D)
ISBN: 3-8322-1155-5

BÜCHER

Bart Simpsons Tipps & Tricks
190 Seiten, Hardcover
€ 12,95 (D)
ISBN: 3-89748-100-6

Simpsons City Guide Springfield
132 Seiten, Softcover
€ 12,95 (D)
ISBN: 3-89748-133-2

Das unzensierte Familienalbum
64 Seiten, Softcover
€ 12,95 (D)
ISBN: 3-89748-168-5

»Wusel-Grusel Halligalli«
Bart Simpsons Horrorshow 1
144 Seiten, Softcover
€ 12,95 (D)
ISBN: 3-89748-324-6

»Spannend Spaßiges Spuktakulum«
Bart Simpsons Horrorshow 2
148 Seiten, Softcover
€ 12,95 (D)
ISBN: 3-89748-664-4

Der Ultimative Serienguide 1
258 Seiten, Softcover
€ 19,95 (D)
ISBN: 3-89748-323-8

Simpsons Forever -
Der Ultimative Serienguide 2
96 Seiten, Softcover
€ 9,95 (D)
ISBN: 3-89748-517-6

Sommerspaß für heiße Tage
64 Seiten, Softcover
€ 8,95 (D)
ISBN: 3-89748-433-1

Spaßbuch für Regentage
64 Seiten, Softcover
€ 8,95 (D)
ISBN: 3-89748-623-7

Erhältlich im Comicfachhandel und in allen gut sortierten Buchhandlungen

Für weitere Informationen: www.dinocomics.de